"如果站在槲寄生下,表示任何人都可以吻你,而且绝对不能拒绝哟!那不仅非常失礼,也会带来不吉利的事。这是圣诞节的重要习俗。"

我捶胸顿足,暗叫可惜。我竟然连续错过两次可以亲吻明菁的机会。

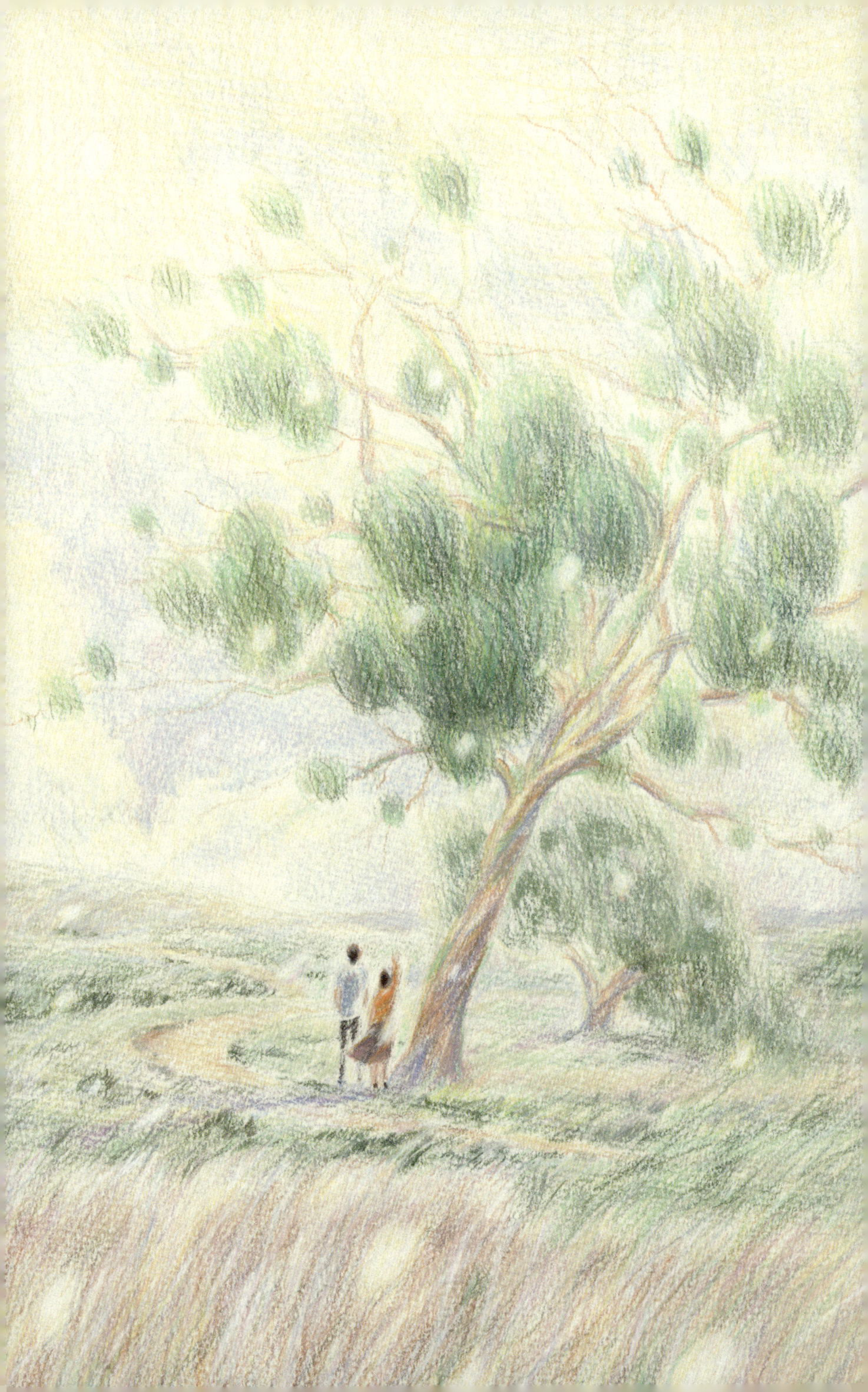

这是我第一次看见明菁。
她站在太阳刚升上来没多久的东边,阳光穿过她的头发,闪闪发亮。
我很清楚地记得那天的天气和味道。

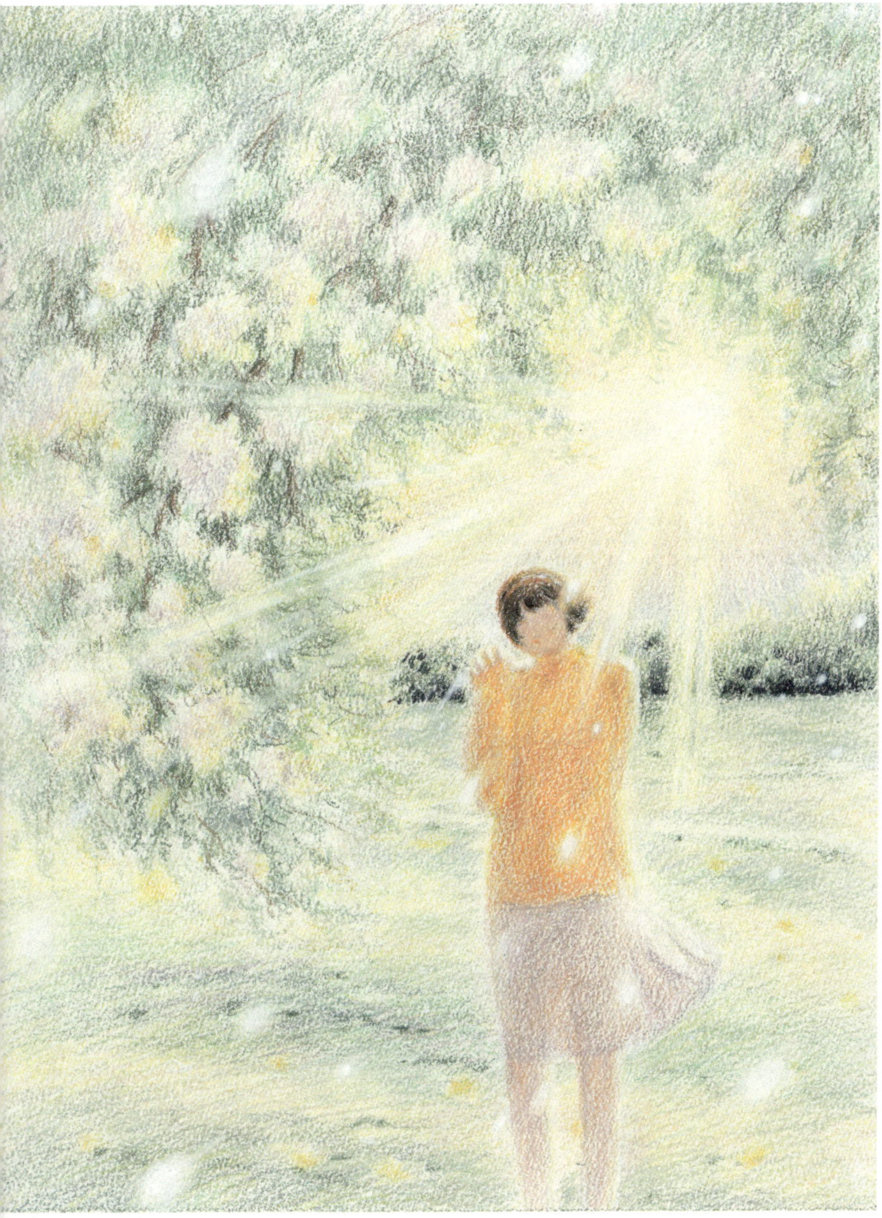

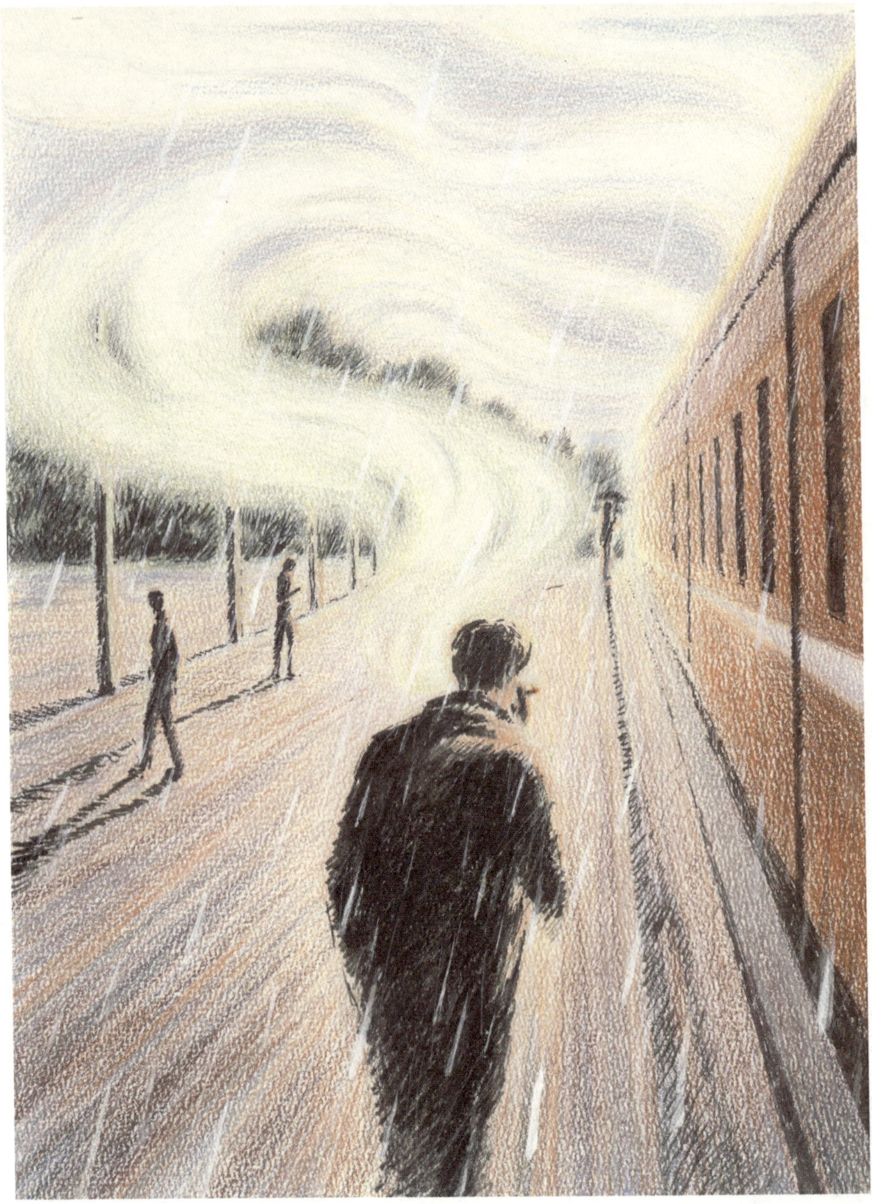

下了雨的台北，陌生得令人害怕。
不知道为什么，我就是无法融入这城市的血液。

好安静啊，仿佛所有的声音都被困在黑洞里。
我知道黑洞能困住所有的物质和能量，甚至是光。
但声音能从黑洞里逃脱吗?

几年后,明菁告诉我,我是一株槲寄生。
那么,我的寄主植物是谁?

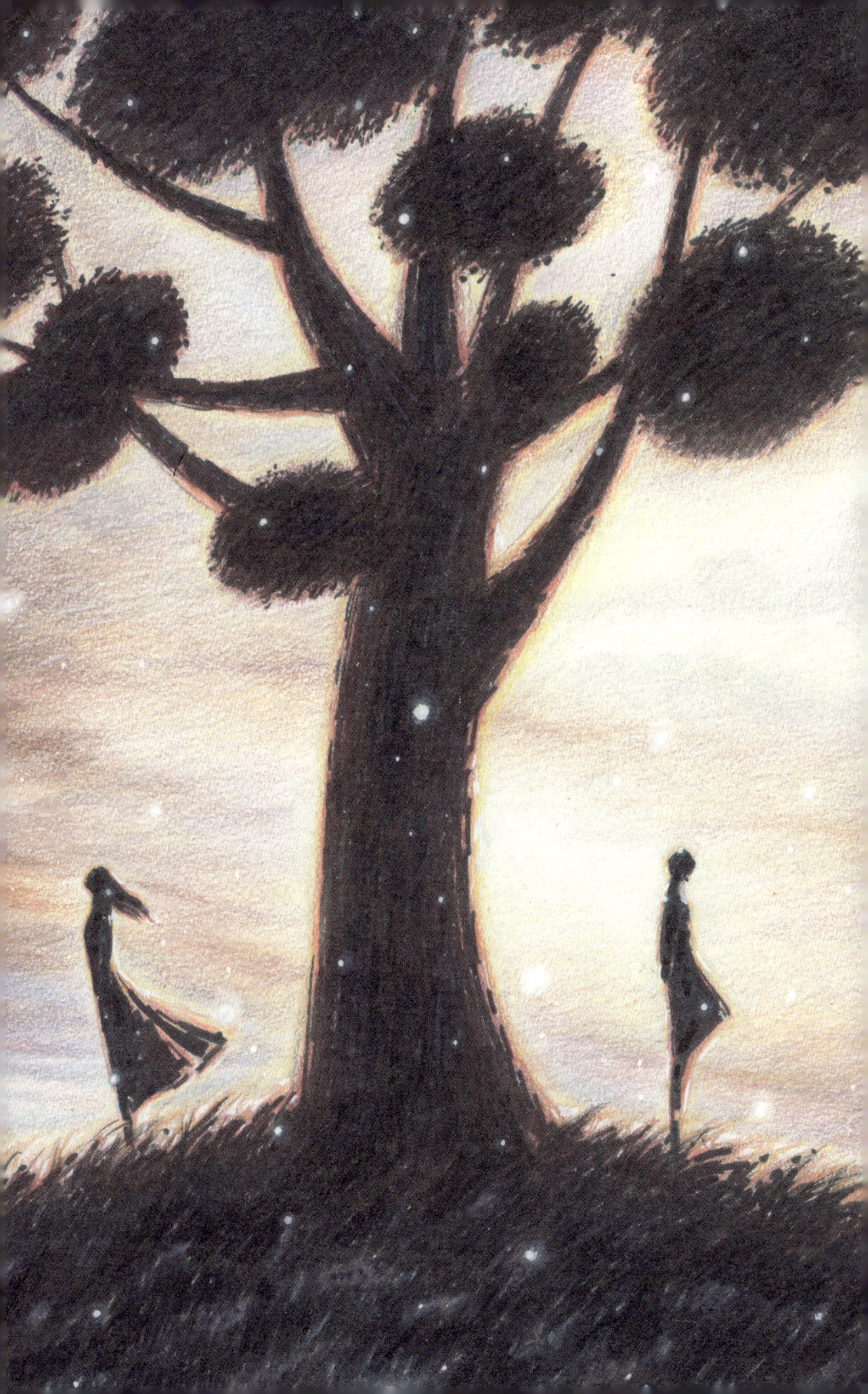

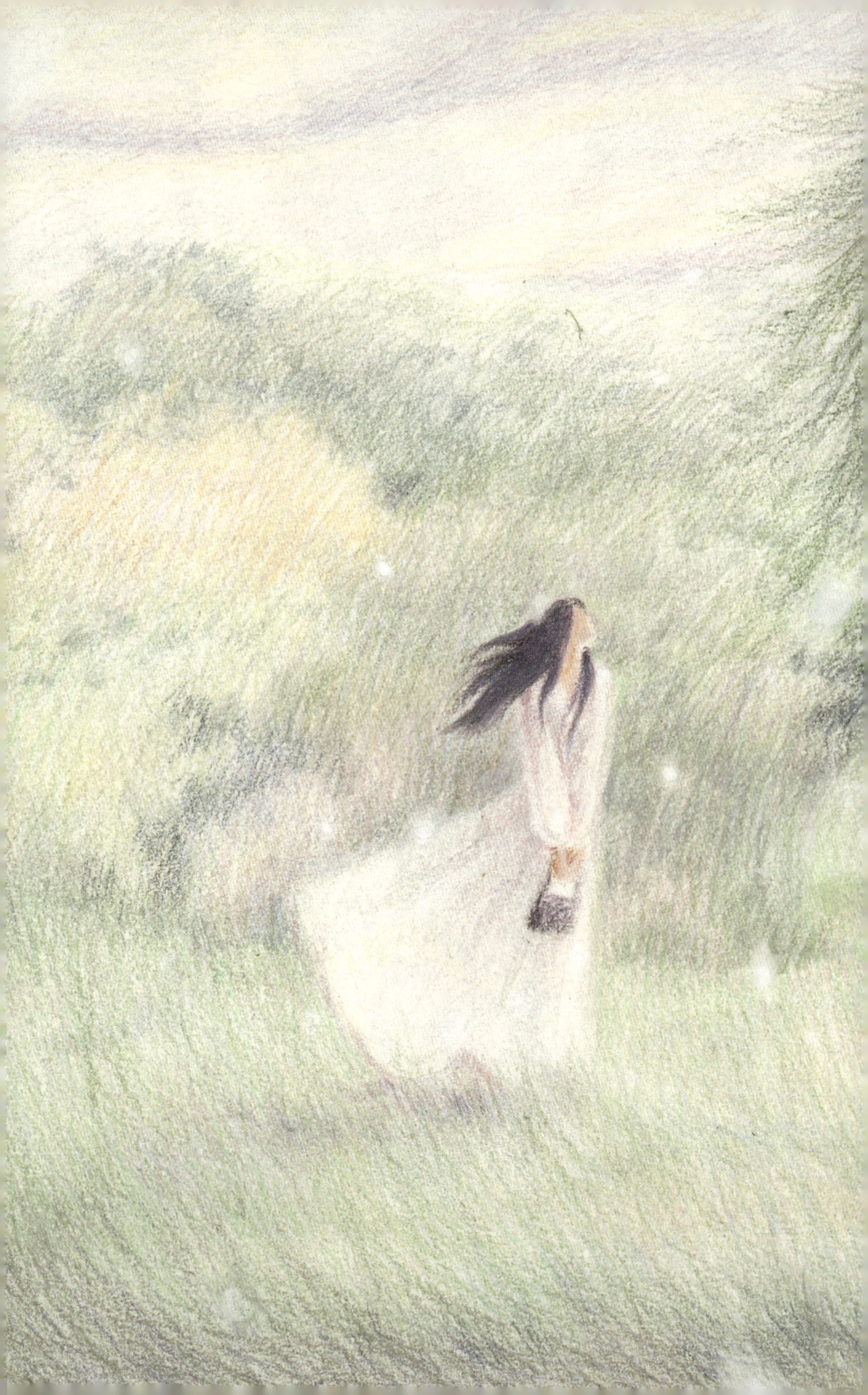

"猜猜看,我刚才在做什么?"
"嗯……你在等待。"
"很接近了,不过不太对。因为你没看到我的眼神。"
"那答案是什么?"
"我在期待。"
"期待什么?"
"你的出现。"

槲寄生

蔡智恒 著

花城出版社
中国·广州

图书在版编目（CIP）数据

榭寄生 / 蔡智恒著. -- 广州：花城出版社，2024.1
ISBN 978-7-5749-0025-7

Ⅰ. ①榭… Ⅱ. ①蔡… Ⅲ. ①长篇小说－中国－当代 Ⅳ. ①I247.5

中国国家版本馆CIP数据核字(2023)第167083号

合同版权登记号：图字19-2023-148号

本书中文繁体字版本由城邦文化事业股份有限公司麦田出版事业部在中国台湾地区出版，今授权北京创美时代国际文化传播有限公司在中国大陆地区出版其中文简体字平装本版本。该出版权受法律保护，未经书面同意，任何机构与个人不得以任何形式进行复制、转载。

出 版 人：张 懿
项目统筹：陈宾杰　蔡 安
责任编辑：李加联
责任校对：衣 然
技术编辑：凌春梅　林佳莹

书　　名	榭寄生
	JIE JI SHENG
出版发行	花城出版社
	（广州市环市东路水荫路11号）
经　　销	全国新华书店
印　　刷	北京通州皇家印刷厂
	（北京市通州区张家湾镇皇木场村）
开　　本	889毫米×1194毫米　32开
印　　张	10.75
字　　数	260,000字
版　　次	2024年1月第1版　2024年1月第1次印刷
定　　价	49.00元

如发现印装质量问题，请直接与印刷厂联系调换。
购书热线：020-37604658　37602954
花城出版社网站：http://www.fcph.com.cn

目录 —— CONTENTS

005　　第一支烟

013　　第二支烟

021　　第三支烟

031　　第四支烟

055　　第五支烟

089　　第六支烟

133　　第七支烟

179　　第八支烟

223　　第九支烟

269　　第十支烟

319　　写在《槲寄生》之后

"台北火车站。"

左脚刚跨入出租车开了四分之一的门,右脚还没来得及甩掉沾上鞋底的湿泥,我便丢下这一句。

"回娘家吗?"

司机随口问了一句,然后笑了起来。

我也笑了起来。

虽然是大年初二,但我却是孤身一人,只有简单的背包。

还有,我是男的。

即使雨下得很大,仍然只能改变我的发型,而不是性别。

我不是高桥留美子笔下的乱马,所以不会因为淋到冷水而变成女生。

"今天真冷。"

"嗯。"

"淋湿了吧?车后有面巾纸,请用。"

"谢谢。"

"赶着坐火车?"

"嗯。"

"回家吗?"

"不。找朋友。"

"一定是很重要的朋友。"

"嗯。"

下了雨的台北,陌生得令人害怕。

看来我虽然在这个城市工作了半年,却从来没有认真生活过。

不知道为什么,我就是无法融入这城市的血液。

台北的脉动也许左右着我的喜怒哀乐,却始终得不到我的灵魂。

我像是吴宫中的西施,身体陪伴着夫差,但心里还是想着范蠡。

隔着车窗,行人像一尾尾游过的鱼,只有动作,没有声音。

好安静啊,仿佛所有的声音都被困在黑洞里。

我知道黑洞能困住所有的物质和能量,甚至是光。

但声音能从黑洞里逃脱吗?高中时有同学问过物理老师这个问题。

"声音?你听过有人在黑洞中叫救命吗?"

老师说完后陶醉于自己的幽默感中,放声大笑。

也许我现在的脑袋就像黑洞,困住了很多声音,这些声音到处流窜。

包括我的、荃的,还有明菁的。

"165元,新年快乐。"

"哦？谢谢。新年快乐。"

回过神，付了车钱。

我抓起背包，关上车门，冲进车站。

排队买票的人群拥挤着，仿佛把时空带到1949年的上海码头，我在电影里看过。

我不想浪费时间，到自动售票机处买了张月台票，挤进月台。

我没有明确的目标，只有方向。

往南。

第一支烟 ——— 当这些字都成灰烬，
我便在你胸口了

月台上的人当然比车站大厅里的人少,不过因为空间小,所以更显拥挤。

车站大厅的人通常都很焦急,月台上的人则只是等待。

而我呢?

我是焦急地等待。

爱因斯坦说得没错,时间是相对的,不是绝对的。

等待的时间总像是失眠的黑夜一样,无助而漫长。

而该死的火车竟跟台北市的公交车一样,你等待得愈急,车子愈晚来。

"下雨时,不要只注意我脸上的水滴,要看到我不变的笑容。"

突然想到荃曾经讲过的话,我的心情顿时轻松不少。

那天下着大雨,她没带雨具跑来找我,湿淋淋地说了这句话。

"拜托,我会担心你的。"

"没事。我只是忘了带伞,不是故意的。"

"你吃饭时会忘了拿筷子吗?"

"那不一样的。"荃想了一下,拨了拨湿透的头发,"筷子是为了吃饭而存在的,但雨伞却不是为了见你一面而存在的。"

荃是这样的,她总是令我担心,我却无法说服她不令我担心。

相对于明菁，荃显得天真，但是她们都是善良的人。

善良则是相对于我而言。

"为什么你总是走在我左边呢？"

"左边靠近马路，比较危险。"

明菁停下脚步，把我拉近她，笑着说：

"你知道吗？你真的是个善良的人。"

"会吗？还好吧。"

"虽然大部分的人都很善良，但你比他们更善良。"

我一直很想告诉明菁，被一个善良的人称赞善良是件尴尬的事。

就像颜回被孔子称赞博学般尴尬。

我慢慢将脑袋里的声音释放出来，这样我才能思考。

这并不容易，所有的声音不仅零散而杂乱，而且好像被打碎后再融合。

我得试着在爆炸后的现场，拼凑出每具完整的尸体。

然后我开始意识到我是否正在做一件疯狂的事。

是疯狂吧，我想。

从今天早上打开香烟盒想拿烟出来抽时就开始了。

搞不好从突然想抽烟这件事开始，就已经算是疯狂了。

因为我戒烟半年了。

有一次柏森问我这辈子做过最疯狂的事是什么。

我想了半天，只能想出钥匙忘了带所以从十楼阳台翻进窗户开门的事。

"这叫找死，不叫疯狂。"

"熬了两天夜准备期末考，考完后马上去献血。算吗？"

"仍然是找死。"

"骑脚踏车时放开双手,然后做出自由式和蛙式的游泳动作呢?"

"那还是叫找死!"

后来我常用同样的问题问身旁的同事或朋友,他们的答案就精彩多了。

当然也有一面跑马拉松一面抽烟这种找死的答案。

"那为什么你要这么做呢?"

"如果当你年老时,发现自己从没做过疯狂的事,你不会觉得遗憾吗?"

我也许还不算老,但我已经开始觉得遗憾了。

记得有次柏森在耍白烂①。他说:

"你没有过去,因为你的过去根本不曾发生;

"你也没有未来,因为你的未来已经过去了。

"你不可能变老,因为你从未年轻过;

"你也不可能年轻,因为你已经老了。"

他说得没错,在某种意义上,我的确就是这么活着。

"你不会死亡,因为你没有生活过。"

那么我究竟是什么?柏森并没有回答我。

像一株槲寄生②吧,明菁曾经这么形容我。

---

① 指一个人既笨又啰唆,还很麻烦。

② 正确用法应该为"榭寄生",一种植物。"槲寄生"是作者创作之初产生的错谬。为尊重当时提供了创作灵感的人,作者在之后也并未将其修正。

终于有火车进站了，是班橘色的火车。

我往车尾走去，那是乘客较少的地方。

而且如果火车在平交道发生车祸，车头前几节车厢通常会有事。

因为没看到火车经过，才会闯平交道，于是很容易跟火车头亲密接触。

更不用说抛锚在铁轨上的车辆被火车迎头撞上的事故了。

只可惜，乘客太多了，任何一节车厢都是。

我不忍心跟一群抱着小孩又大包小包的妇女抢着上车。

叹了口气，背上背包，退开三步，安静等待。

火车汽笛声响起，我成了最后一节车厢最后上车的乘客。

我站在车门最下面的阶梯上，双手抓住车门内的铁杆，很像滑雪姿势。

砰的一声巨响，火车启动了。

我回过头看一下月台，还有一些上不了车的人和送行的人。

这很容易区别，送行的人会挥舞着右手告别；上不了车的人动作比较简单，只是竖起右手中指，做出不雅手势。

念小学时每次坐车出去玩，老师都会叮咛："不要将头和手伸出窗外。"

我还记得有个顽皮的同学就问："为什么呢？"

老师说："这样路旁的电线杆会断掉好几根啊！"

说完后自己大笑好几声。

很奇怪，我通常会碰到幽默感不怎么高明的老师。

我那时就开始担心长大后的个性，会不会因为被这种老师教导而扭曲。

火车开始左右摇晃,于是我跟着前后摆动。
如果头和手都不能伸出窗外,那么脚呢?
我突然有种冲动,于是将左脚举起,伸出车外,然后放开左手。
很像在表演滑水特技吧。
柏森,可惜你不能看到。这样可以算疯狂吗?
再把右手放开如何?柏森一定又会说那叫找死。
所谓的疯狂,是不是就是比冲动多一点,比找死少一点呢?

收回左脚,改换右脚。交换了几次,开始觉得无聊。
而且一个五六岁拉着妈妈衣角的小男孩,一直疑惑地看着我。
我可不想做他的坏榜样。
荃常说我有时看起来坏坏的,她会有点怕。
明菁也说我不够沉稳,要试着看起来庄重一点。
她们都希望不要因为我的外在形象,而让别人对我产生误解。

我总觉得背负着某些东西在过日子,那些东西很沉、很重。
最沉的,大概是一种叫作期望的东西,通常是别人给的。
然后是道德。
不过在学校时,道德很重;走上社会后,道德就变轻了。
它们总是压着我的肩,控制我的心,堵住我的口。
于是我把背包从肩上卸下,用双脚夹在地上。
因为我不希望这时身上再有任何负担。

我从外套左边的口袋里掏出烟盒,小心翼翼地拿出一根烟。
站在禁烟标志下方的妇人带点惊慌的眼神看着我。
我朝她摇了摇头。

把这根烟凑近眼前,读着上面的字:

　　当这些字都成灰烬,我便在你胸口了。

第二支烟

海蚌未经沙的刺痛

就不能温润出美丽的珍珠

于是我让思念

不断刺痛我的心

只为了,给亲爱的你

所有美丽的珍珠

火车刚离开板桥，开始由地下爬升到地面。

读完第二根烟上的字后，我将身体转一百八十度，直接面向车外冷冽的风。

车外的景色不再是黑暗中点缀着金黄色灯光，而是在台湾北部特有的湿冷空气浸润下，带点暗的绿，以及抹上灰的蓝。

吹吹冷风也好，胸口的炽热或许可以降温。

试着弄掉鞋底的泥巴，那是急着到巷口召出租车时，在工地旁沾到的。

我差点滑倒，幸好只是做出类似体操中劈腿的动作。

那使我现在大腿内侧还隐隐作痛。

站在摇晃的阶梯上，稍有不慎，我可能会跟这列火车说 Bye-Bye。

从我的角度看，我是静止的；但在上帝的眼里，我跟火车的速度一样。

这是物理学上相对速度的观念。

会不会当我自以为平缓地过日子时，上帝却认为我是快速地虚掷光阴呢？

这么冷的天，又下着雨，总是会逼人去翻翻脑海里的陈年旧账。

想到无端逝去的日子，以及不曾把握珍惜过的人，不由得涌上一股深沉的悲哀。

悲哀得令我想跳车。

火车时速超过一百公里，如果我掉出车门，该以多快的速度向前奔跑才不致摔倒呢？

我想是没办法的，我一百米跑十三点三秒，换算成时速也不过约二十七公里。

这时跳车是另一种形式的找死，连留下遗言的机会也没有。

其实我跳过车的，跳上车和跳下车都有。

有次在月台上送荃回家，那天是星期日，人也很多。

荃害怕拥挤的感觉，在车厢内紧紧抓住座位的扶手，无助地站着。

她像猫般弓起身，试着将身体的体积缩小，看我的眼神中暗示着惊慌。

火车启动后，我发誓我看到她眼角的泪，如果我视力是2.0（相当于标准对数视力表的5.3）的话。

我只犹豫了两节车厢的时间，然后起跑，加速，跳上火车。

月台上响起的，不是赞美我轻灵身段的掌声，而是管理员的哨子。

跳下车则比较惊险。

那次是因为陪明菁到台北参加考试。

火车启动后她才发现准考证遗留在摩托车坐垫下的置物箱里。

我不用视力2.0也能看到她眼睛里焦急自责的泪。

我马上离开座位,赶到车门,吸了一口气,跳下火车。
由于跳车后我奔跑的速度太快,右手还擦撞到月台上的柱子。
又响起哨子声,同一个管理员。

下意识地将双手握紧铁杆,我可不想再听到哨子声。
更何况搞不好是救护车"咿喔咿喔"的鸣笛声。
人生中很多事情要学着放松,但也有很多东西必须抓紧。
只可惜我对每件事总是不紧不松。
真是令人讨厌的个性啊。
我还没有试着喜欢自己的个性前,就已经开始讨厌了。

今天早上,被这种大过年的还出不了太阳的天气弄得心浮气躁。
思绪像追着自己尾巴的狗,在原地打转。
明明咬不到却又不甘心放弃,于是愈转愈快,愈转愈烦。
刚闪过"不如抽根烟吧"的念头,脑中马上响起明菁的斥责:
"不是说要戒烟了吗?你的意志真不坚定!"
荃的声音比较温柔,她通常会叹口气:
"你怎么漱口或吃口香糖都没用的。你又偷抽了两根烟吧?"

够了。
我负气地打开抽屉,找寻半年前遗落在抽屉的那包 MILD SEVEN(七星牌香烟)。
点上烟,烟已经因为受潮而带点霉味,我不在乎。
捻熄这根烟时,好像看到白色的残骸中有蓝色的影子。
仔细一看,上面用蓝色细尖圆珠笔写了两个字,第二个字是"谢";第一个字已烧去一些,不过仍可辨认为"射"。

合起来应该是"谢谢"。

谢什么？难道这是 MILD SEVEN 公司所制造的第一千万根香烟，所以要招待我环游世界？

我拿出盒内剩下的十根香烟，发现它们上面都有蓝色的字。

有的只写一行，有的要将整根烟转一圈才能看完。

字迹虽娟秀细小，却很清晰。一笔一画，宛如雕刻。

再努力一点，也许会成为很好的米雕师。

烟上的字句，炙热而滚烫，似乎这些烟都已被蓝色的字句点燃。

轻轻捏着烟，手指像被烫伤般疼痛。

读到第七根烟时，觉得胸口也被点燃。

于是穿上外套，拿起背包，直奔火车站。

我只记得又把烟一根根放回烟盒，下不下雨、打不打伞都不重要了。

很后悔为什么当初抽这包烟时，没仔细看看每根烟。

最起码那根写了"谢谢"的烟，我不知道前面写了什么。

蓝色的字随着吸气的动作，烧成灰烬，混在尼古丁之中，进入胸腔。

而后被呼出，不留痕迹。

只在胸口留下些微痛楚。

也许人生就像抽烟一样，只在点燃时不经意地瞥一眼。

生命的过程在胸腔的吐纳中，化成烟圈，消失得无踪影。

不自觉地呼出一口气,像抽烟一样。

因为抽烟,所以寂寞;因为寂寞,所以抽烟。

抽到后来,往往不知道抽的是烟,还是寂寞。

我想我不会再抽烟了,因为我不想又将烟上的深情燃烧殆尽。

在自己喜欢的人所抽的令自己讨厌的烟上,写下不舍和思念。

那是一种什么样的心情呢?

耳际响起当当的声音,火车经过一个平交道。

我向等在栅栏后的人和车,比了个胜利的"V"字型手势。

很无聊,我知道。可是面对未知的结果,我需要勇气和运气。

如果人生的旅途中,需要抉择的只是平交道而不是十字路口就好了。

碰到平交道,会有当当的警示声和放下来阻止通行的栅栏,那么我们就知道该停下脚步。

可是人生却充斥着各种十字路口。

当十字路口的绿灯开始闪烁时,在这一瞬间,该做出什么决定?

加速通过,还是踩住刹车?

我的脚会踩住刹车,然后停在"越线受罚"的白线上。

而通常此时黄灯才刚亮起。

我大概就是这种人,既没有冲过去的勇气,也会对着黄灯叹息。

如果这是我命中注定的个性,那么我这一生大概会过得谨慎而安全。

但却会缺少冒险刺激的快感。

也就是说，我不会做疯狂的事。

如果这种个性在情场上发挥得淋漓尽致呢？

第三支烟

我想你,已经到泛滥的极限
即使在你身边,我依然想着你
搁浅的鲸豚想游回大海,我想你
那么亲爱的你
你想什么?

这是第三根烟上的字。
我卡在这里不上不下的,似乎也是另一种形式的搁浅。
还得在这辆火车上好几个钟头,该想些东西来打发时间。
我该想些什么?

跳车后应以多快速度奔跑这类无聊的事情,我可不想再多想。
那么核电站该不该兴建的问题呢?
这种大问题,就像森林里的大黑熊,如果不小心碰到,最好的办法就是装死。

从第一根烟开始,我总是专注地阅读上面的文字,然后失神。
荃曾经告诉我,当我沉思时,有时看起来很忧郁。
"可不可以多想点快乐的事情呢?"荃的语气有些不舍。
"我不知道什么样的事情想起来会比较快乐。"
"那么……"荃低下头轻声说,"想我时会快乐吗?"
"嗯。"我笑了笑,"可是你现在就在我身边,我不用想你啊。"
荃也笑了。眼睛闪啊闪的,好像星星。

还是想点别的吧。荃是多么希望我快乐。

明菁也叫我记住，一定要快乐一点。

如果我不快乐，是因为荃，还是明菁？

如果我快乐，又是因为明菁，还是荃？

想到这里，我不由得深深吸了一口气，然后呼出。

"妈，那个人到底在干什么？"

抓住妈妈衣角的小男孩，终于忍不住仰起头轻声地问妈妈。

我转过头，看见小男孩的右手正指着我。我对着他笑一笑。

"叔叔在想事情。这样问是很没礼貌的。"

小男孩的妈妈带着歉意的微笑，朝我点点头。

是个年轻的妈妈，看起来年纪和我差不多，所以被叫叔叔我也只好认了。

我打量着他，那是个容易让人想疼爱的小男孩，而且我很羡慕他的好奇心。

从小我就不是个好奇宝宝，所以不会问老师或父母"饭明明是白色的，为什么大便会是黄色的"之类的问题。

我总觉得所有问题的答案，就像伸手跟父母要钱买糖果会挨巴掌，而要钱买书或圆珠笔他们就会爽快地答应，还会问你够不够那样单纯。

单纯到不允许你产生怀疑。

这也许是因为小学时看到同学问老师："太阳为什么会从东边出来？"

结果被老师骂说："太阳当然从东边出来，难道从你屁股里出来？"

从此之后，我便把"太阳从东边出来"当作不容挑战的真理。

长大后回想，猜测应该是老师那天心情不好的缘故。

至于老师为什么会心情不好，由于他是男老师，我也不能说是生理期的关系。

可能是因为他心情郁闷吧，因为我的家乡在台湾西南部的滨海小乡村。

大城市里来的人，比较不能适应这里近似放逐的生活。

虽然人家都说住在海边可使一个人心胸开阔，但是日本是岛国啊，日本人多住在海边，咱们中国人会相信日本人心胸开阔吗？

所以当我说我住在海边时，并没有暗示我心胸开阔的意思。

我只是陈述一个"太阳从东边出来"的事实。

我算是个害羞的孩子，个性较为软弱。

每次老师上完课后都会问："有没有问题？"

我总会低头看着课本，回避老师的目光，像做错事的小孩。

海边小孩喜欢钓鱼，可是我不忍心把鱼钩从鱼嘴里拿出，所以我不钓鱼。

海边小孩擅长游泳，可是我有次在海边玩水时差点溺水，所以我不游泳。

海边小孩皮肤很黑，可是我无论怎么晒太阳都无法晒黑，所以我皮肤白。

总之，我是个不像海边小孩的海边小孩。

我在海边经历了小学六年、初中三年的求学阶段，心胸一直不曾开阔过。

倒是脏话学了不少。

我没有屈原那种举世皆浊我独清的修养，所以带了一口脏话到城市求学。

直到遇见明菁,我才渐渐地改掉说脏话的习惯。

当然在某些情况下还是会说脏话,比如说踩到狗屎、收到成绩单,或者在电视上看到官员说:"我辞职下台又不能解决问题。"

明菁一直温柔而耐心地纠正我的谈吐,偶尔施加一点暴力。

如果没有明菁,这篇小说将到处充满脏字。

也是因为明菁,让我不必害怕跟别人不同。

其实我也没有太与众不同,起码念初二之前,我觉得大家都一样。

直到有一天语文老师把我叫到跟前,对我说:

"蔡同学,请你解释一下这段话的意思。"

那是我写的一篇作文,里头有一段:

"我跟朋友约好坐八点的火车去看电影,可是时间快到了,他还没来。我像是正要拉肚子的人徘徊在厕所内有某个人的厕所外面般焦急。"

我跟老师解释说,我很焦急,就像拉肚子想上厕所,但厕所内有人。

"你会不会觉得用这些字形容'焦急',太长了些?"老师微笑着说。

我低头想了一下,改成:"我像是正要拉肚子的人徘徊于有人的厕所外面般焦急。"

老师好像呼出一口气,试着让自己心情平静。然后再问:

"你会不会觉得用另一种方式形容'焦急',会比较好?"
我想想也对。突然想起老师曾教过《诗经》上的句子:
"关关雎鸠,在河之洲;窈窕淑女,君子好逑。"
于是我又改成:"我拉肚子,想上厕所;厕所有人,于是焦急。"

"啪"的一声,老师拍了桌子,提高音量问:
"你还是不知道哪里出错了吗?"
"是……是不是忘了押韵呢?"我小心翼翼地回答。
老师倏地站起身,大声责骂:
"笨蛋!形容焦急该用'热锅上的蚂蚁'啊!我没教过吗?"
"热锅上的蚂蚁只是焦急而已……"我因为害怕,不禁小声地说:
"可是……可是我这样的形容还有心情很 × 的意思。"
"竟然还讲脏话!去跟汉语推行员交五块钱罚款!"老师将被他弄歪的桌子扶正,手指外面,"然后到走廊去罚站!"

从那天开始,语文老师总会特别留意我的作文。
所以我的作文簿上,一直都有密密麻麻的红色毛笔字。
有时红色的字在作文簿上洇开,一摊一摊的,很像吐血。
"光阴像肉包子打狗似的有去无回。"
"外表美丽而内心丑陋的人,仍然是丑陋的。就像即使在厕所外面插满芳香花朵,厕所还是臭的。"
"慈乌有反哺之恩,羔羊有跪乳之义,动物尚且如此,何况是人。所以我们要记得孝顺父母,就像上厕所要记得带卫生纸。"
像这些句子,都被改掉。
有次老师甚至气得将作文簿直接从讲台上甩到我面前。

我永远记得作文簿在空中飞行的弧度,像一架正在失速坠落的飞机。

作文簿掉落在地面时,摊开的纸上面有着鲜红字迹:

"蔡同学,如果你再故意写跟别人不一样的句子,你一定会完蛋。"

这些鲜红的字,像诅咒一般,封印住我的心灵。

从那时开始,我心灵的某部分,像冬眠一样沉睡着。

我不知道是哪部分,我只知道那部分应该和别人不同。

我真的不明白,"肉包子打狗"叫有去无回,光阴也是啊,为什么这样形容不行?

但是我不敢问,只好说服自己这些东西是"太阳从东边出来"的真理。

久而久之,我开始害怕自己跟别人不同的思考模式。

只可惜这些事在老师圈子里传开,于是很多老师上课时都会特别关照我。

常常有事没事便在课堂上叫我站起来回答一些不怎么正经的问题。

我好像动物园里的一只六脚猴子,总是吸引游客们的好奇眼光。

我只好开始学会沉默地傻笑,或是搔搔头表示无辜。

甚至连体育老师也会说:

"来,蔡同学,帮我们示范一下什么叫空中挺腰然后拉杆上篮。"

你娘咧,我又不是乔丹,挺个屁腰,拉个鬼杆!

对不起，明菁。我又讲脏话了，下次不会再犯了。

因为被莫名其妙地当作怪异的人，所以我也只能无可奈何地生活着。

即使想尽办法让自己跟别人一样，大家还是觉得我很奇怪。

我只希望安静地在课堂上听讲，老师们的捉弄却一直没有停止。

这种情况可以算是"生欲静而师不止，子欲养而亲不待"吗？

如果我又把这种话写在作文簿上，恐怕还会再看一次飞机坠落。

幸好我高中念的是所谓的明星高中，老师们关心的只是升学率的高低。

我的成绩始终保持在中上，不算好也不算坏，因此不会被特别注意。

其实如果这时候被特别注意，好像也不是坏事。

记得联考前夕，班上一位很有希望考上台大医科的同学患了重感冒，于是忍不住在课堂上咳嗽出声。

老师马上离开讲桌，轻抚着那位同学的背，悲伤的眼里满是哀凄。

还说出"你就像我的孩子，你感冒比我自己感冒还令我痛苦"之类的话。

我敢打赌，如果咳嗽的是我，一定会以妨碍上课安宁为由，被赶到走廊去罚站。

高中的课业又多又重，我无暇关心市长是谁之类的问题。

反正高中生又没投票权,选举时也不会有人拿钱来孝敬我们。

连那时流行的日本偶像明星中森明菜和松田圣子,我都会搞混。

偶尔会关心中国台北队在国际比赛的成绩,输了的话当然会难过,但这种难过跟考试考不好的难过相比,算是小巫见大巫。

感谢老天,我终于会跟大家一样用"小巫见大巫"这类普通的表达了。

而不是再用"小鸟见老鹰""烂鸟比鸡腿"之类的白烂词。

高三时,班上的导师在放学前夕,都会握紧拳头激动地问我们:
"告诉我,你们生存的目的是什么?"
"联考!"全体同学齐声大喊。
"告诉我,你们奋斗的目标是什么?"
"联考!"全体同学口径一致。

虽然多年后社会才教导我生存的目的是赚钱,奋斗的目标是女人。

但那时我和所有人的心跳频率相同,总是让我觉得放心与安全。

我像是冬眠的熊,而考上大学就像是春天,唤醒了我。

第四支烟

不论我在哪里

都只离你一个转身的距离

我一直都在

在你身前

在你影里

在楼台上,静静等你

一个转身的距离?

惊觉似的转过身,只见到两个穿迷彩装的阿兵哥在谈笑着。

带着小男孩的年轻妈妈和站在禁烟标志下方的妇人都已不见。

大概是火车过了桃园,下车的旅客多些,于是他们都进到车厢内。

我吹了一阵冷风,双手和脸颊早已冰凉,我也决定躲进车厢。

最后一节车厢后面,还有一些空间,堆着几个纸箱子。

有两个人坐在箱子上,还有一个空位,我便坐了上去。

箱子很厚实,里面应该装满了东西,只是不知道装的什么。

我右手边是个穿老鼠色外套的中年男子,头发微秃,靠着车身打盹。

那大概是二十年后我的样子。

左手边是个大学生模样的男孩,戴着黑框眼镜,看起来呆呆的。

很像十年前刚上大学的我。

又看了一遍第四根烟上的字,当我读到"在楼台上,静静等你"时,我终于忍不住,开心地笑了起来。

因为我想到大一在话剧社扮演罗密欧时的荒唐。

真是一段可爱的青春岁月,那是证明我曾经存活过的最好证据。

无论已经离得多远,无论我将来会变得多么市侩庸俗,那段日子永远像钻石一样闪亮着。

而可怜的朱丽叶啊,你还在那楼台上静静等着罗密欧吗?

我很羡慕地又看了那位年轻的大学生一眼,他正用心地看一本小说。

年轻的大学生啊,要把握大学生活哟,那将会是你一生中最珍贵的回忆。

你会碰到形形色色的人,无论你喜不喜欢,他们都会影响你。

我曾经也像你这般年轻呢。

那时刚从成功岭下来,顶着平头,在宿舍的十楼找空房间。

我来得早,大部分的房间都没被人订走。

我是13号生日,所以我选了1013室。

房间两个上下铺,可以住四个人。

书桌成一直线贴在墙上,还有四个小衣柜。

我挑了靠窗的上铺,床位号码是3号,然后开始清扫房间。

整理完毕后,把衣服收进衣柜,在3号书桌上放了书包和盥洗用具。

我擦了擦汗,准备离去时,在房门口几乎与一个人相撞。

"对不起。"

对方笑着道歉,声音洪亮。

"哇,这房间好干净啊,就是这间了。"

他走进1013室,将绿色旅行袋放在4号床位,那是我的下铺。

"你好,"他伸出右手,露出微笑,"我叫李柏森。木子李,松柏的柏,森林的森。请指教。"

"我叫蔡崇仁,你好。"

我们握了一下手,他的手掌温暖丰厚,握手的力道十足。

"你睡3号吗?"柏森抬头看了一下我的床位。

"嗯。我喜欢睡上铺。"

"我也是。不过小时候太皮,从上铺摔下来,以后就不敢睡上铺了。"

柏森打开绿色旅行袋,哼着歌,把东西一样一样拿出来,摆好。

他比我高一些,壮一点,皮肤黝黑,没戴眼镜。

同样理平头,我看起来呆呆的,他看起来却有股精悍之气。

"好了。"柏森拍拍手掌,呼出一口气,脱掉绿色运动外套,"隔壁栋宿舍的地下室好像有餐厅,我们一起去吃饭吧。"

"好啊。"

我们坐电梯下楼。才五点左右,可以容纳约两百人的自助餐厅没什么人。

负责盛饭菜的都是中年妇女,倒是结账的是个年轻女孩。

柏森选好位置,放下餐盒,端了两碗汤,一碗给我,然后说:"嘿,你会不会觉得那个结账的女孩像《多啦A梦》里的胖虎?"

我望着她,那个胖胖的女孩,脸蛋确实很像《多啦A梦》里欺负大雄的胖虎。

我不禁笑了出来。

"以后我们就叫她胖虎妹吧。"
柏森像恶作剧的孩子般笑着。

这是我跟柏森的第一次碰面。
即使经过这么多年，我仍然可以清楚地听到他那时的笑声。
很少听到这么干净的笑声，洪亮却不刺耳，像秋天下午三点的阳光。
他说他八字中五行缺木，不容易稳重，所以父亲将他取名为柏森。
"真是难为了我老爸，"柏森笑着说，"可是好像没什么用。"
"我爸比较轻松。'崇'是按照族谱排行，所以他只给我一个'仁'。"
"如果你只叫蔡崇就好了，这样就是一只菜虫。"柏森又开始大笑，"菜虫吃菜菜下死，杀手杀人被人杀。这可是很有名的布袋戏戏词哟。"
从此，菜虫便成为我的绰号。

柏森是我上大学后所交的第一个朋友，也是最好的朋友。
我相信，我也期望他是我这辈子最重要的朋友。
我心灵的某部分经过好几年的冬眠，醒来后渴望着食物，而柏森是第一个提供养分的人。
于是我像在沙漠行走一个月的旅人，突然碰到绿洲。
我大口大口地喝着水。

1013室后来又住进了一个同学。他叫叶子尧，睡2号床位。当过兵，重考两次，整整大我和柏森五岁，我们都叫他子尧兄。

大部分的时间里,班上同学很少碰到他。他总是有一堆外务。
由于我和柏森与他同寝室,因此起码每晚会见到他一次。
不过如果他忙的时候,我们也会连续好几天看不到他。
只有床上凌乱的书本证明他回来过。

子尧兄总是背着一个过时的背包,颜色像是被一大群野牛践踏后的草地。
背包里因为装太多东西,所以总是鼓鼓的,像吹牛皮的青蛙。
背包的拉链可能因为坏了,或是根本拉不上,所以总有几本书会不安分地探出头来。
子尧兄除了对上课和社团不感兴趣外,对很多东西都热衷得过头。
这可以从他床上和书桌上堆得满满的书籍中看出一二。
书籍种类包括计算机、命相、易经、中医、宗教、财务管理、生物等等。
后来书太多了,我们便把1号书桌、床铺和衣柜也让他摆书。

子尧兄算是个奇怪的人,有时讲话的逻辑很特殊。
当然,我是没有立场说别人奇怪的,因为我也曾被视为奇怪的人。
不过,如果我可以算作奇怪的人,那被奇怪的我说成是奇怪的人的子尧兄,一定更奇怪。
记得我有次看到他床上摆了本《宗教与人生》,便随手拿起来翻阅。
正好子尧兄回来。他问道:
"咦?菜虫,你对宗教也有兴趣?"

"没有啊。只是好奇翻翻而已。"

"好奇心是很重要的……"

子尧兄从口袋里拿出两颗奇形怪状的石头,放入书桌的抽屉,接着说:

"很多杀人命案的尸体,都是因为路人的好奇心,才被发现的。"

"这跟宗教有关吗?"

"嗯。表示你与佛有缘。床上这么多书,你只挑中这一本,善哉善哉。"

"子尧兄,你在说什么?"

"痴儿啊痴儿,让我来告诉你吧。"

"宗教到了最高境界,其实是殊途同归。所以佛家讲:色即是空,空即是色;对照基督教,就是耶稣即犹大,犹大乃耶稣。神魔本一体,善恶在一念,为神为魔,行善行恶,仅一线之隔。阿弥陀佛……当然我们也可以说哈利路亚。阿弥陀佛和哈利路亚都是四个字,这就叫作殊途同归。"

我瞠目结舌,完全不知道该说什么。

他则在床上拿了几本书,硬塞进背包,然后又出门了。

我在1013室度过了大一和大二,与柏森及子尧兄。

由于子尧兄常常神龙见首不见尾,所以大部分的活动都只有我和柏森。

无论是上课、吃饭、打台球、舞会、露营、练橄榄球、土风舞比赛,我和柏森都在一起。

如果我睡觉的习惯差一点,会从上铺跌下来的话,那我们也会睡在一起。

不过舞会结束或是与女孩子联谊完后,就只有他有续摊。
然后我会先回宿舍等他汇报战况。

柏森很受女孩子欢迎,这应该归功于他的自信与健谈。
我常看到他跟女孩子说话,女孩们专注的神情、闪烁发亮的眼睛,好像在恭听皇上的圣谕。
偶尔柏森还会说:"平身吧,宝贝。"
不过只要我一加入,她们就宣布退朝了。

柏森参加了三个社团:辩论社、话剧社和土风舞社。
我对社团活动没什么兴趣,不过柏森死拉活拉,硬是把我也拉进去。
我们会参加土风舞社,可以算是一种机缘。
在成大,学长都会带领新生参加两项重要的比赛:土风舞和橄榄球。
每星期一、三、五的清晨五点,学长会把我们拖起床练橄榄球。
练土风舞的时间则为星期二和星期四的晚上十点,在宿舍顶楼。

先说橄榄球吧。
练橄榄球很累,常常得从宿舍十楼跑到一楼,再由一楼跑到十楼。
跑完后,双腿就会不由自主地摆荡,像风中的杨柳。
记得第一次在成大操场练球时,是秋末的清晨,颇有寒意。
一大早被拖起床的我们,牙齿的撞击声好像交响乐。
一个身材非常壮硕的大三学长,双手叉腰,大声地说:
"亲爱的学弟,恭喜你们将成为追逐不规则跳动的勇士。弧形的橄榄球跟人生一样,很难掌握方向。所以要好好练球。"

话是很有道理,不过结论下得有点奇怪。

练习一阵子后,学长开始安排我们的位置。

"李柏森!你是8号,是球场上的领导人物。所以要好好练球。"

柏森不愧是柏森,被挑选为8号球员,队伍的灵魂人物。

"蔡崇仁!你个子算小,反应很快。每次休息上厕所时,你都是第一个跑掉,最后一个跑回来。你当传锋,位置是9号,所以要好好练球。"

我终于知道,"所以要好好练球"是这位学长的口头禅。

位置选定后,练球的次数和时间都要增加,直到比赛为止。

依照传统,输的队伍全体球员要跳成功湖。

那是成大校园内的小湖泊,淹不死人。

成功湖常有人跳,失恋的、打赌输的、欠钱没还被逮到的,都会去跳。

至于水有多深,我并不知道。因为我们拿到了新生杯冠军。

冠亚军之役,柏森达阵了两次,是赢球的关键。

"亲爱的学弟,恭喜你们拿到冠军,今晚学长请吃饭。记得今天球场上的艰苦,他日人生遇到挫折时,就会轻松面对。所以要好好练球。"

柏森的情绪一直很亢奋,从吃饭,到回宿舍洗澡,再到睡觉前。

熄灯睡觉后,柏森悄悄地爬到上铺,摇醒我:

"喂。菜虫,你会不会觉得我是那种天生的英雄人物?"

我揉揉眼睛,戴上眼镜:

"这种深奥的问题,应该去问子尧兄啊。"

"我问了。他说英雄是被时势创造出来的,不是由老天诞生出来的。"

"子尧兄说得没错啊。如果没有我近乎完美的传球,你哪能达阵?"

"可是……"

柏森欲言又止,轻轻叹了一口气,再默默爬到下铺。

"柏森。"

约莫过了十分钟,我在黑暗中开了口。

"嗯。"柏森模糊地应了一声。

"你今天好棒。你是不是英雄我不知道,但你以后绝对是一号人物。"

"菜虫,"柏森呼出一口长长的气,高兴地说,"谢谢你。"

"睡吧。明晚还得练土风舞,快比赛了。"

土风舞比赛前三天,我们每晚都在宿舍顶楼练舞到午夜十二点半。

也是很累。

跟练橄榄球的累不一样,这种累还有很大的心理因素。

要记得舞序、舞姿要正确、听音乐节拍、上台记得露齿微笑……

露齿微笑对我而言最难,感觉很像在假笑。

教舞的也是大三的学长,每次都说我的嘴巴硬得跟乌龟壳似的。

不过柏森做得很到位,也很自然。

练舞结束后，我和柏森还会待在顶楼，爬到宿舍最高的水塔旁。

坐下来聊聊天，谈谈心事。

有时天气晴朗，可以看到一些星星，我们就会躺下来。

我们一共要跳两支舞，匈牙利的击鞋舞和亚述帝国的"些抗尼"。

击鞋舞算是比较阳刚的舞蹈，必须一直摩擦鞋底，拍打鞋身。

我的皮鞋就是这样"阵亡"的。

至于那个什么"些抗尼"，我们也不知道是什么意思。

只因为音乐的歌声中，会不断出现"些抗尼"的音，所以就这么叫了。

些抗尼的舞姿简单，麻烦的是服装仪容。

学长不知道从哪里找来一本书，上面有刊登关于亚述文明的壁画。

壁画中的人物蓄着满脸的卷胡子，身上缠着一块布，当作衣服。

比赛当天，学长要我们用黑色的纸，想办法弄成卷胡子形状，粘在脸上。

先跳完击鞋舞后，有一小时的空当，全体集合在厕所。

"亚述是大约公元前七世纪西亚的古老帝国，由于我们学校有历史系，不能让人家取笑我们工学院的学生粗鄙、没有文化。所以……"

学长拿出十几条米白色的麻布，接着说：

"来，亲爱的学弟。大家把衣服脱光，只剩内裤，然后把这条布缠上。"

我们都愣住了。

"还发什么呆?动作快。这里有订书机,钉一钉麻布就不会掉了。"

"学长,你怎么还有心情开玩笑?"柏森开口问道。

"这是命令。念书不忘祖国,跳舞不忘历史。学长的表情是严肃的。"

我们只好开始宽衣解带。

我瞥了柏森一眼,笑了出来。因为他今天穿红色内裤。

上台后,随着跳舞时身体的振动,柏森身上的布,慢慢松动,然后下滑。

我们是手牵着手跳舞,所以柏森根本没有多余的手去调整那块下滑的布。

我跟在柏森后面,看着他身上的布,离地三十厘米……二十厘米……十厘米……接触地面。然后我踩上去。

柏森往前走,麻布却在我脚下。

嗯,柏森背部的肌肉线条很性感。这是我当时心中的第一个念头。

"轰"的一声,全场爆笑。我也第一次非常自然地露齿微笑。

有个坐在第一排的女评审,双手遮着脸,但仍从指缝间偷看。

谢完幕,灯光一暗,柏森马上捡起麻布,冲到厕所。

结果揭晓,我们拿了第二名。

"亲爱的学弟,恭喜你们拿到亚军,今晚学长请吃饭。记得今天舞台上的笑声，以后穿内裤时，就会选择朴素些的。李柏森同学，你的身材非常迷人，土风舞社的学姐们赞不绝口。她们强烈推荐你进土风舞社，而且免缴社费。"

柏森一直红着脸，从吃饭，到回宿舍洗澡，再到睡觉前。
熄灯睡觉后，我探头往下铺，告诉柏森：
"喂，柏森，这次你不用再问了。我觉得你绝对是天生的英雄人物，而且是悲剧英雄。"
"菜虫，别闹了。"
"对不起。我说错了，应该是喜剧英雄。你看今天大家笑得多开心啊。"
"菜虫！拿命来！"
柏森准备爬上我的床铺时，突然想到什么似的，笑了起来。
然后我们就这样边笑边聊，过了几个钟头后，才模模糊糊地睡去。

柏森说如果我也进土风舞社，我就不必因为踩掉他的布而去跳成功湖。
我衡量利弊得失，决定跟进。
在土风舞社期间有点无聊，每次要跳双人舞时，我都邀不到舞伴。
这要怪我的脸皮太嫩，还有邀舞的动作太差劲。
学长们邀舞的动作洒脱得很，右手平伸，挺胸缩小腹面带微笑。
往身体左侧下方画一个完美的弧度时，直身行礼，膝盖不弯曲。

可是我邀舞时,脸部肌肉会因紧张而扭曲,然后既弯腰又驼背。

画弧度时手掌到胸口就自动停止,手心竟然还朝上,像极了乞丐在讨钱。

而柏森总能轻松邀到舞伴,经过我面前时,还会对我比个"V"的手势。

这让我心里很不爽。

我只跳过一次双人舞。

那是因为柏森跟学姐们反映,说我老是邀不到舞伴,请她们想办法。

有个日行一善的学姐就带了一位女孩,走到我身旁。

我只稍微打量一眼,这时圆圈内的学长便高喊:

"男生在内圈,女生在外圈。男生请将右手放在舞伴的腰部。"

我不好意思再看她,右手伸出四十五度,放着。

"同学,这是,肩膀;不是,腰部。"

她的声音简洁有力。

我疑惑地往右看,原来她比一般女孩矮小一些。

所以原本我的右手该轻搂着她的腰部,变成很奇怪地放在她的肩膀上。

我说声抱歉,有点尴尬。幸好学长已开始教舞。

学长教完舞姿和舞序后,音乐响起,是华尔兹旋律。

有几个动作,是要让舞伴转啊转的,我总是让她多转半圈,甚至一圈。

"同学,我是,女孩;不是,陀螺。知道,了吗?"
舞停后,她有些不满地说。
"同学,实在,抱歉。不是,故意。原谅,我吧。"
我真是尴尬到无尽头。

于是我再也不敢跳双人舞,连邀舞都省了。
柏森告诉我,那个女孩是中文系的,跟我们一样是大一新生。
我心里就想,她用字这么简洁有力,写小小说一定很棒。
几个月后,她得了成大凤凰树文学奖短篇小说第一名。
篇名就叫作《像陀螺般旋转的女孩》。

后来社里的学长要求跳舞时,要穿西裤和皮鞋,我就有借口不去了。
过没多久,柏森也说他不想去了。
凭良心说,参加土风舞社是很好玩的,只要不必常邀舞伴的话。
话剧社也不错,我后来不去的原因,是因为我被赶出来了。
那是在社团迎新时发生的事。

为了欢迎新社员,社里决定在学生活动中心举办一个小型公演,戏是《罗密欧与朱丽叶》。
朱丽叶由社长担纲,至于罗密欧,则从新社员中挑选。
但没有人想当罗密欧,一个也没,而且态度坚决。
我想那应该是社长的问题。

话剧社社长是个大三的学姐。每当我看到她时,就会想要丢个橘子给她。

因为在我的家乡,每逢建醮或大拜拜时,常会宰杀又大又肥的猪公,然后在猪嘴巴中塞一个橘子,放在供桌上祭拜神明。

所以我都偷偷叫她橘子学姐。

橘子学姐一看没人当罗密欧,就说那么抽签吧。

所有新加入的男社员马上跪下来高喊:"社长饶命。"

于是她突发奇想,叫我们在纸上写下最令人脸红的事,写得好免交社费。

我写的是:"在女朋友家上完大号后,才发现她家的抽水马桶坏了。"

最后决定由我演罗密欧,因为投票结果是我写的事最令人脸红。

我知道这是我的错,无奈这是我悲哀的反射习惯。

柏森是第二名,他写的是:

"去超市买避孕套,结账时店员大喊:'店长!杜蕾斯牌避孕套现在还有特价吗?'"

所以他饰演死在罗密欧剑下的提伯特——朱丽叶的堂兄。

为了公演时不致闹笑话,一星期要彩排三次。

排罗密欧与朱丽叶在花园夜会时,我得忍受橘子学姐歇斯底里狂喊:

"哦!罗密欧!抛弃你的姓氏吧!玫瑰花即使换了一个名字,还是一样芬芳啊!我愿把自己完全奉献给你,补偿那根本不属于你的名字。"

"哦!罗密欧!围墙这么高,你怎么来到这里?如果我的家人看见你在这里，一定不会放过你。"

"哦！罗密欧！我好像淘气的女孩，虽然让心爱的鸟儿暂时离开手掌，却立刻将它拉回来。这样我怕你会死在我自私的爱里。天就要亮了，你还是赶快走吧！"

令人悲愤的是，我还得跟在橘子学姐后面，念出下面这些对白：

"你只要叫我'爱'，我就有新名字。我永远不必再叫罗密欧。"

"我借着爱神的翅膀飞越围墙，围墙再高也无法把我的爱情拦阻在外。只要你用温柔的眼神看我，任何锐利的刀剑也无法伤害我的身体。"

"但愿我就是你的鸟儿。如果我能够死在你的爱里，那真是比天还大的幸福。以我的灵魂起誓，亲爱的朱丽叶，我的爱情永远忠实坚贞。"

橘子学姐的叫声总是非常凄厉，很像欧洲中世纪女巫被烧死前的哀号。

我曾经拜托她，可不可以在念台词时，稍微……嗯……稍微正常一点。

"哦！罗密欧学弟啊！我饰演的是伟大的莎士比亚的伟大的戏剧作品中的伟大的女主角朱丽叶啊！她唯一的爱来自她家族唯一的仇恨啊！这是不应该相识相逢而相恋的爱啊！她的内心是非常痛苦而挣扎啊！所以讲话时自然会比较大声和激动啊！你明不明白啊？"

我当然不明白。

我只知道我晚上做噩梦时，都会听到有人在鬼叫："哦！罗密欧!"

每次彩排完回到宿舍,我都像刚跟武林八大高手比拼过内力一般疲惫。

洗个澡,躺在床上休息。柏森就会突然拿起衣架:

"罗密欧!你这个坏蛋。你已经冒犯了我,赶快拔出你的剑吧!"

我立刻从床上起身,跳下床铺,抽出衣架,大声说:

"提伯特!我要为我的好友马库修报仇,你准备下地狱去吧!"

"罗密欧!你这只该死的畜生!我的剑就要穿透你的胸膛了!"

"提伯特!你只是臭水沟里的老鼠,让我来结束你卑贱的生命吧!"

然后我们就会把衣架当剑,开始决斗,直到柏森被我"刺死"为止。

有时子尧兄也在,他就会将视线暂时离开书本,微笑地看着我们。

后来子尧兄背包里的书,就多了《西洋戏剧史通论》和《莎士比亚全集》。

罗密欧刺死提伯特后被判放逐,如果不离开就会被处死。
临走时的夜晚,他还不忘利用绳梯爬上朱丽叶露台上的窗口。
我就只有这点跟罗密欧比较像。
然后罗密欧和朱丽叶经过一夜缠绵,成为真正的夫妻。
感谢老天,我不用跟橘子学姐演出这一幕。
只要用昏暗的灯光跟煽情的旁白,带过即可。
但是我还得忍受朱丽叶的哀号。

"哦！罗密欧！你现在就要走了吗？我的丈夫，我的心肝，我的爱人。

"令人诅咒的大地啊！为什么这么快就射出曙光呢？"

橘子学姐滚倒在地，紧紧抓住我右边的牛仔裤管。

"哦！罗密欧！别离去啊！你怎能狠心留我一个人孤单地在这露台上？为何你英俊的脸庞变得如此苍白，是悲伤吸干了你的血液吗？"

连左边的裤管也被抓住了。

"哦！罗密欧！我的挚爱！请用你温热的嘴唇狂野地给我最后一吻吧！让我尽情地吸吮你的气息、你的芳香！"

竟然还开始用力拉扯……

"去死吧！朱丽叶。"

我终于忍受不住。

结果，我被赶出话剧社，罪名是"侮辱莎士比亚"。

在话剧社，这句话的意思就是欺师灭祖。

那晚，我一言不发地坐在床上，拿万金油擦拭被橘子学姐捏得瘀青的腿。

柏森爬上我的床铺，看看我的腿，拍拍我肩膀：

"我也退出话剧社了。我可不想扮演死在别的罗密欧剑下的提伯特。"

"那太可惜了。你真的很适合扮演被杀死的角色。"

"嘿嘿，菜虫。你那句'去死吧！朱丽叶'，真的好酷。"

他说完后，夸张地笑着，很像脸部肌肉抽筋。

我突然也觉得很好笑，于是跟着笑了起来。

"来吧！双腿瘀青的罗密欧！你这个侮辱莎士比亚的恶贼！"
柏森迅速从上铺跳下，拿出衣架。
"混蛋提伯特！你这只九条命的怪猫，让我再杀死你一次吧！"
我腿很痛，无法跳下，只好狼狈地爬下床铺，拿出衣架。
衣架上面还挂着一条内裤——子尧兄的。
所有的不愉快，都在最后一次杀死提伯特后烟消云散。

辩论社是柏森最投入的社团，却是我最不感兴趣的社团。
每次到社团参加活动，总觉得像在上课。
同一律、矛盾律、排中律、充分举证律这四大基本逻辑还不算难懂。
只是柏森每次从辩论社回来后，总喜欢跟我练习辩论。
"猪，吃很多；你，也吃很多……"柏森指着我，"所以你是猪。"
"乱讲。演绎法不是这样的。"
"嘿嘿，我当然知道这样讲似是而非，但你千万别小看这个东西哟。"

有次辩论社举办红白对抗赛，将新社员分成两组，进行辩论。
记得那次的辩论题目好像叫作"谈恋爱会不会使一个人丧失理性"。
柏森和我，还有一个机械系的大一男生，代表反方。
正方也是三个人，两男一女。
那个女孩子长得很可爱，还绑了两条长长的辫子。

正方的观点一直锁定在谈恋爱的人总会做出很多不理性的行为。

以学生而言，即使隔天要期末考，晚上还是会跟女孩子看电影。或是半夜在女孩楼下弹吉他大唱情歌，不怕被愤怒的邻居围殴。为了爱情茶不思饭不想睡不着的人，更是到处都是。

而许多疯狂行为的产生，通常也是因为追求爱情。

更有甚者，为了爱情而想不开自杀，或是杀害情敌与爱人，也时有所闻。

"例如著名的爱德华八世，放弃王位而成为温莎公爵，只为了和心爱的辛普森夫人厮守终生。辛普森夫人是个离过两次婚的妇人，温莎公爵竟然为她失去王位并被流放，我们能说温莎公爵没有失去理性吗？"

那个绑着辫子的女孩，左手抓着辫子，右手指着我，大声地说。

我在答辩时，首先定义理性应是思考的"过程"，而非"结果"。

所以不能因为经过思考的结果和一般人不一样，就认为他没经过思考。

举例来说，如果在白色与黑色之间，大家都选白色，却有一个人选黑色。

并不能因此判定那个人没有理性，只不过在一般人眼里他是不正常而已。

正不正常只是多与少的区别，没有对与错之分，更与理不理性无关。

就像爱因斯坦智商比正常人高很多，表示他不正常，但能说他不理性吗？

"英国的温莎公爵不爱江山爱美人，这是因为对他而言美人比较重要。即使一般人都觉得江山比较重要,那也只是价值观上的差异。不应该因为这种不同的价值观,就认定温莎公爵因为爱情而失去理性。"

我没绑辫子,又不甘示弱,左手随便抓着一撮头发,右手也指着她。

柏森站起身准备结辩时,右手还在桌子下方对我比个"V"的手势。

"对方辩友举出许多因为'爱情'而杀人或自杀的极端结果做例子,来证明'谈恋爱'是不理性的……"

柏森的语调很激昂。这语调我很熟悉,好像是……

"我方想反驳的是,即使有许多人为了'金钱'而杀人或自杀,就能证明'赚钱'是不理性的吗?"

柏森把语气再加强一些,我终于知道了,那是在话剧社时念对白的方式。

"所以我方认为,'谈恋爱并不会使一个人丧失理性'。谢谢!"

柏森下台时,答礼的姿势是土风舞社的邀舞动作。

结果揭晓,我们代表的反方获胜,柏森还获得该场比赛的最佳辩手。

学长说我表现得也不错,只是抓头发的样子,看起来实在很像猴子。

"可惜这是辩论比赛,不是马戏团表演。"学长拍拍我肩膀,遗憾地说。

当天晚上,依照惯例,柏森还是在熄灯睡觉后爬到上铺问我,他是不是天生的英雄人物。

从此，柏森就一直是辩论社社员，到大四为止。

我陪柏森到大二后，就不去辩论社了。

因为我辩论时，偶尔会冒出"你×的"或是"他×的"之类的脏话。

学长说我很孝顺，都不会提到我妈。

孝子是不应该因为说脏话而被对方辩友砍死的。

总之，大一和大二的时光，对我和柏森而言，是非常快乐的。

正因为快乐，所以时光走得特别匆忙。

大二下学期，柏森还被选为班代，我被选为副班代。

那学期我们相当活跃，办了几场舞会，还有台球比赛和歌唱比赛。

舞会时，我们有开舞特权，可以先挑选可爱的女孩子跳舞，不必跟人抢。

台球比赛我和柏森搭档，打遍班上无敌手，拿到冠军。

歌唱比赛子尧兄竟然也参加，他唱的是曹雪芹的《红豆词》。

"滴不尽相思血泪抛红豆，开不完春柳春花满画楼……"

子尧兄左手抱着一本《红楼梦》上台，声音浑厚低沉，全班震惊。

"咽不下玉粒金莼噎满喉，照不见菱花镜里形容瘦……"

他的右手先轻掐着脖子，再摸摸脸颊，身段很像歌仔戏里的花旦。

"展不开眉头，挨不明更漏……"

子尧兄深锁双眉，眼睛微闭，右手按着额头，非常投入。

"恰似遮不住的青山隐隐，流不断的绿水悠悠……"

"悠"字尾音拉长十几秒,绵延不绝,全班鼓掌叫好。

毫无异议,子尧兄是班上歌唱比赛的冠军。

系上的课业,我和柏森也都能轻松过关。

子尧兄一直被流体力学所困扰,考试前我和柏森总会帮他恶补一番。

要升大三的那个暑假,1013室的三个人,决定搬出宿舍。

因为每个人的东西变多了,特别是书。

所以我们在外面找了间公寓,是楼中楼格局,有四个房间。

还剩一间,我们把它分租出去。

最后租给一个大我们一届的中文系学姐杨秀枝。

我们都叫她秀枝学姐。

秀枝学姐的出现,除了让我知道东方女孩也有傲视西方的胸围外,最重要的是,她让我认识了明菁。

因为明菁,我才知道,我是一株槲寄生。

第五支烟

我无法在夜里入睡

因为思念一直来敲门

我起身为你祈祷

用最虔诚的文

亲爱的你

我若是天使

我只守护

你所有的幸福

"各位旅客,现在开始验票!"

列车长摇摇晃晃地推开车厢的门,人还没站稳便说了这句话。

我把刚读完的第五根烟收起,准备掏钱补票。

"到哪里?"

"从台北到……到……应该是台南吧。"

列车长疑惑地看了我一眼,然后从裤子后面的口袋里拿出本子,边写边说:

"台北到台南,总共571元。"

我付了张千元钞票,列车长拿钱找给我时,说:

"先生,请别坐在这箱子上,里面放的是便当。"

"啊?抱歉。"

我很不好意思地马上站起身。

还好,今天的肠胃没出问题,不然就对不起火车上吃便当的旅客了。

过没多久,就有火车上的工作人员来打开箱子,拿出便当,准备贩卖。

我今天还没吃过任何东西,不过我并不想吃便当。

只是单纯地不想吃东西而已。

再把第五根烟拿出,将视线停在"因为思念一直来敲门"这句。

明菁曾经告诉我,思念的形状是什么。

但是思念在夜里敲门的声音,听起来到底像什么呢?

我斜倚着车厢,试着调整出一个较舒服的姿势。

听车内的人说,火车刚过新竹。

真巧,秀枝学姐正是新竹人,我很想知道她的近况。

她火爆的脾气,不知道改了没?

我想应该很难改掉,毕竟那是她的特色,改掉不见得比较好。

我不由得想起第一次见到秀枝学姐的情形。

那时我和柏森为了分租房间,到处贴租屋红纸。

柏森还偷偷在红纸上写:"限成大女学生,貌美者尤佳。"

两天后,秀枝学姐来看房子。

她打开客厅的落地窗时,由于用力过猛,把落地窗卸了下来。

"真抱歉。没想到昨天刚卸掉人的肩膀,今天就卸掉窗。"

"卸……卸……卸掉人的肩膀?"柏森问得有点紧张。

"也没什么啦,只是昨天看电影时,有个男的从后面拍我的肩膀搭讪。我心里不爽,反手一握,顺手一推,随手一甩,他肩膀就脱臼了。"

秀枝学姐说得轻描淡写。

我和柏森互望一眼,眼神中交换着恐惧。

看了没有十分钟,秀枝学姐就问:"押金多少?我要租了。"

"你不再考虑看看?"柏森摸摸肩膀,小心地问着。

"干吗还考虑?我很喜欢这里。"

"可是我们其他三个都是男的呀。"我也摸摸肩膀。

"那没关系。我是女孩子都不担心了,你们紧张什么?"秀枝学姐斜眼看着我们,"是不是嫌我不够貌美?"

我和柏森异口同声说:"小的不敢。"

"那就好。我是中文四年级的杨秀枝,以后多多指教哟。"

这间楼中楼公寓在五楼,光线充足,通风良好,空间宽敞。

四个房间分配的结果是,秀枝学姐和子尧兄住楼下,我和柏森住楼上。

秀枝学姐住的是套房,拥有自己专属的浴室。

楼下除了两个房间外,还有一个浴室,客厅和厨房都在楼下。

楼上就只有两间房间,和一个我和柏森共享的浴室。

客厅落地窗外的阳台,空间算大,我们摆了三把椅子供聊天用。

楼上还有个小阳台,放了洗衣机,晾衣服也在那里。

我们三个人搬进来一星期后,秀枝学姐才搬进来。

秀枝学姐搬来那天,还下点小雨,子尧兄不在,我和柏森帮她整理东西。

"休息吧,东西弄得差不多了。我下楼买晚餐,我请吃饭。"

秀枝学姐拿把伞就下楼了,半小时后提了比萨、炸鸡和可乐回来。

"你们这两个学弟人不错,学姐很喜欢。来,一起吃吧。"

我们在客厅边吃边聊,气氛很愉快。

其实秀枝学姐长得不错，人不算胖，但胸确实很丰满。

我没有别的意思，只是陈述一个"太阳从东边出来"的事实。

"学姐，你为什么要搬出宿舍呢？"柏森很好奇地问。

"我们中文系的女孩子，都住在胜九舍，大家的感情非常好。"秀枝学姐放下手中的可乐，搁在桌上，神情气愤地说，"可是说也奇怪，我晾在阳台上的新洗衣物，常会不见，尤其是内衣。有一次我实在是气不过，就在宿舍公告栏贴上：'哪个缺德鬼偷了我的黛安芬36 E罩杯调整型胸罩？我就不相信那件胸罩胜九舍里还会有第二个女生穿得下！'"

"结果隔天就有四个人也贴出公告。"秀枝学姐还是愤愤不平，"四个人分别署名：桃园机场跑道、高雄机场停机坪、平坦的洗衣板，以及诸葛四郎的好朋友……"

"诸葛四郎的好朋友是什么？"柏森打断了秀枝学姐的话。

"真平呀，笨。"

秀枝学姐瞪了柏森一眼，然后告诉我们这四份公告上写着：

你的胸部实在大，我的胸部没你大。
可是只要我长大，你就不敢声音大。

妾身二十三，胸围三十二。
背胸分不出，心酸眼眶热。

别人双峰高耸立，我的胸前可洗衣。
请君怜惜扁平族，切莫炫耀36 E。

> 阿爷无大儿，小妹无长胸。
> 阁下身材好，何必气冲冲？

"气死我了。内衣被偷还让人消遣，我一怒之下，就搬出来了。"

我和柏森双手交叉胸前，紧紧抓住自己的肩膀，痛苦地忍着笑。

刚好子尧兄开门进来。

"咦？你仿佛是个女的？"

子尧兄双眼盯着秀枝学姐，满脸疑惑。

"废话！"秀枝学姐没好气地回答。

"可惜你只有外表像个女的。"

"你有种再说一遍看看！"

"可惜啊可惜……"子尧兄竟然唱了起来，"你你你……只有外表啊……啊……啊……像个女的……"

尾音照样绵延十几秒。

子尧兄不愧是班上歌唱比赛冠军，丹田真好。

"你这混蛋！"

秀枝学姐一个鹞子翻身，柏森马上扶着她的肩膀安抚：

"子尧兄是开玩笑的啦。"

"是啊是啊，子尧兄最喜欢开玩笑。而且他是唱的，不是说的。"

我也帮了腔。

子尧兄从背包拿出两颗暗红色的椭圆石头，给我和柏森各一颗。

然后若无其事地进了房间，完全不晓得他的肩膀刚度过危机。

他打开房门时,从背包中掉出一本书——《台湾流行情歌欢唱大全》。

秀枝学姐生了子尧兄一阵子的气,还在房门口贴上:
"狗与叶子尧不得进入!"
后来她慢慢了解子尧兄,又很钦佩他的好学,气就完全消了。
偶尔还会向子尧兄借一些书来看。
我们四个人住这里,很舒适,常常会一起在客厅看电视。
不过子尧兄通常只看一会儿新闻节目,就会回房间看书。
而秀枝学姐很健谈,常讲些女孩子间的趣事,我和柏森听得津津有味。

这里很安静,除了隔壁栋五楼有对夫妻常吵架外。
我和柏森第一次听见他们吵架时,还以为是八点档电视剧的声音。
因为他们吵架时常会说出:
"天啊!你已经变了吗?你不再爱我了吗?你是不是外头有别的女人?"
"哦!为什么我坚贞爱你的心,必须承受你这种嫉妒与怀疑的折磨呢?"
我和柏森觉得他们一定进过话剧社。

他们吵架时总会摔东西,大概都是些碗盘之类的,破碎的声音非常清脆。
很奇怪,吵了那么多次,为什么碗盘总是摔不完?
如果依我中学作文时的习惯,我一定会用摔不完的碗盘来形容考试。

有一次他们吵得特别凶,碗盘摔碎的声音特别响亮。

"够了没?每次你只会摔盘子,能不能摔点别的东西?"先生的声音。

"好!这是你说的。"太太咬咬牙,恨恨地说,"我把你送给我的钻戒、金手镯、玉坠子通通摔出去!"

"柏森!快!"我听完后,马上起身,像只敏捷的猎豹。
"没错!快去捡!"柏森和我同时冲下楼。
那天晚上,我和柏森找了很久,水沟都翻遍,什么也没找着。
狼狈地回来时,秀枝学姐就说:
"你们两个真无聊,是不是日子过得太闲?我介绍女孩子给你们吧。"

原来秀枝学姐在静宜大学念书的朋友有两个学妹要找笔友。
我和柏森心想这也不错,就答应了。
柏森的笔友跟他进展很快,没多久就寄了张照片给他。
照片中的那位女孩站在桃花树下,笑容很甜,蛮漂亮的。
"菜虫,我很厉害吧。嘿嘿,来看看我的回信,多学点。"
柏森把信纸递给我,上面是这样写的:

> 收到你的照片后,我迷惑了……
> 不知是置身于古希腊奥林匹斯山上,看见斜卧床上的阿芙洛狄忒,那倾倒众生的风采;
> 抑或是在埃及狮身人面像旁,看见盛装赴宴的克娄巴特拉,那让人炫目的亮丽?

不知是置身于春秋时的会稽，看见若耶溪边浣纱的西施，那轻颦浅笑的神情；

抑或是在盛唐时的长安，看见刚从华清池出浴的杨贵妃，那柔若无骨的姿态？

不知是置身于西汉元帝时雁门关外，看见怀抱琵琶的王昭君，那黯然神伤的幽怨；

抑或是在东汉献帝时残暴的董卓房内，看见对镜梳发的貂蝉，那无可奈何的凄凉？

"菜虫，怎么样？写得很棒吧？"柏森非常得意。

"太恶心了。"我把信纸还给他。

"怎么会恶心呢？这样叫作赞美。"

"你写这些字时，手不会发抖吗？"

"当然会发抖啊。我觉得我写得太好了，果然是天生的英雄人物。"

柏森再看一次信纸，赞不绝口说：

"啧啧……你看看，希腊神话的美神阿芙洛狄忒，古埃及美女埃及艳后，还有中国四大美女西施、杨贵妃、王昭君、貂蝉都用上了，真是好啊。"

我懒得理柏森，因为他还会再自我陶醉一阵子。

我回到我的房间，想想该怎么写信给我的笔友。

我的笔友很酷，写来的信上通常只有七八行字，最高纪录是九行。

看来她也有写小小说的天分。

我这次的信上说希望她能写十行字给我，不然寄张照片来也行。

几天后,我收到她的回信。

果然写了十行字:

你 / 最 / 好 / 是 / 死 / 了 / 这 / 条 / 心 / 吧

一个字写一行,不多不少,刚好十行。

我听她的话,就不再写信了。

但是柏森老把他写给笔友的信念给我听。

"上帝对人是公平的,所有人都是鱼与熊掌不可兼得;但上帝对你实在太不公平了,他不但给你鱼与熊掌,还附赠燕窝、鱼翅、鲍鱼和巧克力,偶尔还有冰淇淋。"

东西是很有营养,但信的内容实在是没营养。

秀枝学姐看不惯我常常竖起耳朵倾听隔壁的夫妻是否又要摔东西,就说:"菜虫,别无聊了。我干脆介绍学妹跟你们班联谊吧。"

秀枝学姐找了小她一届的中文系学妹,跟我和柏森一样,都是大三学生。

柏森在班上提议,全班欢声雷动,还有人激动得当场落下泪来。

最后决定到埔里的清境农场去玩,两天一夜。

中文系有二十一个女生,我们班上也有二十一个男生参加。

子尧兄说出去玩浪费时间,还不如多看点书,就不去了。

出发前一晚,我和柏森在客厅,研究在车上如何让男女配对坐在一起。

传统的方法是，将一张扑克牌剪成两半，让凑成整张的男女坐在一起。

柏森说这方法不好，不够新鲜，而且还得浪费一副扑克牌。

我说不如想出二十一对有名的伴侣，把名字写在纸上，就可以自行配对。

比方说梁山伯与祝英台、罗密欧与朱丽叶、纣王与妲己、唐明皇与杨贵妃、吴三桂与陈圆圆等。

隔天早上八点在校门口集合，我拿写上男人名字的卡片给班上男生抽。

柏森则拿写上女人名字的卡片给中文系的女生抽。

我抽到的是杨过，柏森抽到的是西门庆。

然后有将近五分钟的时间，男女彼此呼唤，人声嘈杂。

"林黛玉呼叫贾宝玉，林黛玉呼叫贾宝玉，听到请回答。"

"我是孙中山，我要找宋庆龄，不是宋美龄哟。"

"我乃霸王项羽，要寻美人虞姬。虞姬，我不自刎了，咱们回江东吧。"

"我身骑白马走三关，改换素衣回中原。宝钏啊，平贵终于回来了。"

"谁是潘金莲？潘金莲是谁？"柏森的声音特别大。

"同学，我在，这里。别嚷，好吗？"

咦？这语调好熟，莫非是……

我偷偷往声音传来处瞄了一眼，真是冤家路窄。

不，应该说是人生何处不相逢，是那个像陀螺般旋转的女孩。

"你是潘金莲？你真的是潘金莲？"

"同学，我是。上车，再说。"

"潘金莲啊，你怎么看起来像武大郎呢？"

"同学，够了！"

我捂住嘴巴，偷偷地笑了起来。柏森待会在车上，一定会很惨。

"过儿！过儿！你在哪里？姑姑找你找得好苦。"

我回过头，一个穿着橘黄色毛衣、戴着发箍的女孩，微笑着四处张望。

她的双手圈在嘴边，声音清脆却不响亮，还夹杂着些微叹气声。

这是我第一次看见明菁。

她站在太阳刚升上来没多久的东边，阳光穿过她的头发，闪闪发亮。

距离现在已经七年多了，我却能很清楚地记得那天的天气和味道。

十二月天，空气凉爽而不湿润，味道很像在冬日晒完一天太阳的棉被。

天空的样子则像把一瓶牛奶泼洒在淡蓝的桌布上。

"过儿！过儿！"明菁仍然微笑地呼唤。

我把那张写上杨过的卡片从口袋拿出，朝她晃一晃。

明菁带着阳光走近我，看了看卡片，突然蹙起眉头说：

"过儿，你不会说话了吗？难道情花的毒还没解？"

"同学，可以了。我们先上车吧。"

"过儿！你忘了姑姑吗？过儿，可怜的过儿呀。"

明菁拿出一条口香糖，抽出一片，递给我：

"来，过儿。这是断肠草，可以解情花的毒。赶快吃了吧。"

我把口香糖塞进嘴里，明菁开心地笑了。

"姑姑，我好了。可以上车了吗？"

"嗯。这才是我的好过儿呀。"

我们上了车，车内还很空，我问明菁："姑姑，你想晒太阳吗？"

"过儿，我在古墓里太久了，不喜欢晒太阳。"

"那坐这边吧。"我指着车子左边的座位。

"为什么呢？"

"车子往北走，早上太阳在东边，所以坐这边不会晒到太阳。"

"我的过儿真聪明。"

明菁坐在靠窗的位置，我随后坐下。刚坐定，柏森他们也上车了。

我怕被旋转陀螺看到，立刻蹲下身。没想到他们坐在我们前一排。

"过儿，你怎么了？"明菁看了看蹲在地上的我，满脸狐疑。

我用食指比出个"嘘"的手势，再跟她摇摇手。

等到柏森他们也坐定，我才起身坐下。

"过儿，好点没？是不是断肠草的药效发作了？"

"没事。一点点私人恩怨而已。"

"过儿，今天的天气真好，非常适合出来玩哟。"

"姑姑同学，真的可以了。别再叫我过儿了。"
"好呀。"明菁笑了笑，"不过想出这点子的人，一定很聪明。"
"不好意思，"我用食指指着我的鼻子，"这是我想的。"
"真的吗？"明菁惊讶地看着我，"你真的很聪明哟！"
"是吗？"我并不怎么相信。
"是的。你真聪明，我不会骗人的。"明菁很坚决地点点头。

我并非从未听过人家称赞我聪明，从小到大，听过几次。

不过我总觉得那种赞美，就像在百货公司买衣服时，店员一定会称赞你的身材很棒，穿什么样颜色的衣服都会很好看。

这是一种应酬客套式的赞美，或是一种对你有所求的赞美。

较常用在我身上的形容词，大概是些"还算乖""很会念书"之类的。

而明菁的一句"你真聪明"，就像物理课本上的牛顿万有引力定律，让我深信不疑。

我莫名其妙地对坐在我左边的女孩子，产生一些好感。

虽然我的座位晒不到太阳，但我却觉得有一道冬日的阳光，从左边温暖地射进我眼里。

"同学，那么你叫什么名字呢？"

在我告诉她我的名字后，我也以同样的问题问她。

"过儿，你又不是不知道，《神雕侠侣》里的小龙女是没名字的。"
"姑姑同学，别玩了。你的名字是？"
"呵呵……"她从背包拿出纸笔，"我写给你看吧。"

她蹲下身，把座位当桌子，写了起来。

不过，写太久了。中文名字顶多三四个字，需要写那么久吗？
"好了。"她把纸拿给我，"我的名字，请指教。"
我看了一眼，就愣住了，因为上面写着：

卅六平分左右同，金乌玉兔各西东。
芳草奈何早凋尽，情人无心怎相逢？

"同学，你……你写什么东西呢？"
"我的名字呀，让你猜。不可以偷偷问我同学哟！"
我想了一下，大概可以猜出来，不过还不是很肯定。
这时车上开始有人拿麦克风唱歌，她也点唱了一首歌。
她唱的是蔡琴的《恰似你的温柔》。
唱到那句"这不是件容易的事……"，她还朝我笑一笑。
唱完后，她转头问我："唱得好听吗？"
"非常好听。林明菁同学。"

"哇！你真的是很聪明。你怎么猜到的？"明菁睁大了眼睛看着我。
"卅六平分是十八，十八组合成木。左右都是木，合起来就是'林'。金乌是太阳，玉兔是月亮，日在西边而月在东边，应该是指'明'。草凋去早，剩下艹字头；情无心，自然是青。艹加青便得到'菁'。这并不难猜啊。是吧，林明菁同学。"
"不是的，你是第一个猜中的。你果然聪明。"
明菁拍拍手，由衷地称赞。

"可是'金乌玉兔各西东'这句，你怎么不猜是'钰'呢？"

"我原先很犹豫。不过我想如果是钰，你应该会说黄金翠玉之类的。"

我看了看明菁明亮的双眼，不自觉地眯起眼睛，好像正直视着太阳。

"也可能是因为我觉得你好像太阳，又坐在我左边，才会想到'明'。"

"呵呵……如果我是太阳，那你不就是月亮？"

明菁的笑容非常美，可惜我无法像她一样，很自然地赞美别人。

明菁，不管经过多少年，你永远是我的太阳。
我是月亮没错，我之所以会发亮，完全是因为你。
没有你的话，我只是颗阴暗的星球。
毕竟月亮本身不发光，只是反射太阳的光亮啊。

"同学，你看过卡通霹雳猫吗？"

我前座的柏森，开始试着跟旋转陀螺聊天。

我觉得很奇怪，车子都走了好一阵子，柏森才开始找话题。

"看过。如何？"

"那你知道为什么每次狮猫都要高喊'霹雳……霹雳……霹雳猫'吗？"

"不知道。"

"因为狮猫口吃啊！"柏森哈哈笑了起来。

"同学，你的，笑话，真的，很冷。"

"不会吧？金莲妹子，你好像一点幽默感也没有啊。"

"给我，闭嘴！"

轮到我在后座哈哈笑,真是开心,柏森今天终于踢到铁板了。

柏森回头看我一眼,做嘴形不出声:这——家——伙——好——奇——怪。

我也用嘴形回答他:没——错。

"你——们——在——干——吗?"明菁也学我和柏森,张开嘴不发声。

"没什么。我们在讨论你的同学。"我指着旋转陀螺的座位,小声地说。

"哪位呢?"因为旋转陀螺坐在椅子上,后座的人是完全看不到的。

所以明菁稍微站起身,看了一眼,压低了声音,靠近我:

"她叫孙樱,我的室友,是我们系里很有名的才女哟。"

"嗯,我领教过她的用字,确实很厉害。"

"我想,你应该也很厉害吧?"

"你怎么这样问呢?我很难回答的。"

"为什么?"

"因为我不会说谎呀。"

"那你就照实说啊。"

"可是我如果说实话,你会笑我的。"

"我干吗笑呢?"

"真的不笑?"

"当然不笑。"

"嗯,好吧。学姐们都说我很厉害,可以说是才貌双全,色艺兼备。"

我忍不住笑了出声,这女孩竟连"色艺兼备"也敢说出口。
"喂,你说过不笑的。"
"对不起。我只是很难想象你会说出'色艺兼备'这句话。"
"是你要听实话的。我的直属学姐总是这样形容我呀。"
"嗯。你的直属学姐说得没错。"
"谢谢。"
明菁又笑了起来,露出洁白的牙齿。

车子中途停下来,让我们下车去方便。
我等到孙樱下车后,才敢下车上厕所。
上完厕所出来后,在洗手台处刚好撞见孙樱。
我走投无路,只好尴尬地笑了笑。

"同学,我们,仿佛,见过?"孙樱直视着我,若有所思。
"同学,跳舞,旋转,陀螺。"我很紧张地回答。
孙樱想了一下,点点头:"了解。"
"很好。"我也点点头。

中午抵达清境农场,吃过饭后,有大约两个小时的自由活动时间。
然后下午三点在著名的青青草原集合,玩点游戏。
从住的地方,有两条路可以爬上青青草原。
一条是平坦的山路,是柏油路,比较好走;另一条则是几百级的阶梯,由碎石铺成,陡峭难行。
我和柏森决定爬阶梯,因为听说沿路的风景很美。

"喂！过儿，你又丢下姑姑去玩耍了。"

我回过头，明菁和孙樱在离我们十几级阶梯下面，气喘吁吁。

"你还好吧？"我们停下脚步，等她们。

"呼……好累。这里的坡度真陡。"明菁掏出手帕，擦擦汗。

"潘金莲，你还可以吗？"柏森也问了孙樱。

"你……你……"孙樱喘着气，手指着柏森，无法把话说完。

"真奇怪。金莲妹子你身材不高，下盘应该很稳，怎会累成这样？"

柏森很讶异地看着孙樱。

"再叫，金莲，我就，翻脸！"孙樱一口气说完，就咳了起来。

我们在路旁的树下坐了一会，我和明菁先起身继续走。

柏森陪孙樱再休息一下。

这里的海拔约一千七百五十米，沿路空气清新，景色优美，林木青葱。

眺望远处，牛羊依稀可见。

灰白色的阶梯，很像一条巨蟒缠绕着绿色的山。

我们大约在巨蟒的腹部，巨蟒的头部还隐藏在云雾间。

明菁抬头往上看，右手遮着太阳，停下脚步。

"怎么了？累了吗？"

"不是。"明菁笑了笑，"你不觉得这里很美吗？"

"嗯。"

"这条阶梯蜿蜒地向上攀升，很像思念的形状。"

明菁的视线似乎在尽力搜寻巨蟒的头部。

"思念的形状？对不起，我不太懂。"

"没什么啦,只是突然有种想写东西的感觉而已。"

明菁收回视线,看着在她左边的我,微笑着说:

"思念是有重量的,可是思念的方向却往往朝上。是不是很奇怪?"

"思念怎么会有重量?如何测量呢?"

"你们工学院的学生就是这样,有时候容易一板一眼。"

明菁找了块石头,用面巾纸擦了擦,然后向我招手,一起坐下。

"过儿,当你思念一个人或一件事时,会不会觉得心里很沉重?"

"应该会吧。"

"所以思念当然有重量。"明菁把手当扇子,扇了扇右脸。

"而我们对思念事物的眷恋程度,就决定了思念重量的大小。"

"嗯。"

"让人觉得最沉重的思念,总是在心里百转千回,最后只能朝上。"明菁的手顺着阶梯的方向,一路往上指,"就像这条通往山上的阶梯一样,虽然弯来弯去,但始终是朝上。"

她叹了一口气,悠悠地说:

"只可惜,一直看不到尽头。"

明菁似乎已经放弃寻找巨蟒头部的念头,低下头自言自语:

"思念果然是没有尽头的。"

"为什么思念的方向会朝上呢?"

在彼此都沉默了一分钟后,我开口问。

"我父亲在我念高一时去世了,所以我思念的方向总是朝着天上。"

"对不起,我不是故意的。"

"没关系。那已经是很久以前的事了。"

"如果思念有重量,而且思念的方向朝上,那思念就是地球上唯一违反地心引力的东西了。"

"过儿,你果然是工学院的学生。"

明菁终于又开始笑了。

"过儿,我们继续走吧!"

明菁站了起来,生龙活虎地往上跑。

"喂!小心点。很危险的。"

我马上跟过去,走在她左手边,因为左边是山崖。

一路上,明菁说了些她在大一和大二时发生的趣事。

原来她也参加过土风舞比赛。

"那时还有个人在台上大跳脱衣舞呢。"明菁乐不可支。

"你看,"我往山下指,"在孙樱旁边的那个人,就是苦主。"

"真的吗?这么巧?不过他穿上衣服后,我就不认得他了。"

明菁笑得很开心,然后说想再仔细看一下跳脱衣舞的苦主。

我们就在路旁等着,等柏森和孙樱上来,再一起爬到青青草原。

柏森经过时,明菁一直掩着嘴笑,还偷偷在我耳边告诉我:

"他还是适合不穿衣服。"

青青草原是一大片辽阔的坡地,而且顾名思义,绿草如茵。

我们四十二个男女围成一圈,男女相间,坐了下来。

温暖的阳光，和煦的微风，草地又柔软似地毯，坐着很舒服。

明菁坐在我左边，孙樱在我右边，而孙樱的右边是柏森。

玩游戏时，明菁非常开心，好像第一次到野外游玩的小孩。

当我觉得游戏很无聊时，我就往左边看一下明菁，便会高兴一点。

"各位同学，请在这个书包上做出任何一种动作。"

只见一个黑色的书包，从右边传过来。

有的人打它一下，有的背起它，有的踢它一脚，有的把它坐在屁股下。

传到我时，我把它抱在怀里，亲了一下。

没有为什么，只是因为书包右下角有张美美的明星照片。

这也是我悲哀的反射习惯。

"好。请各位将刚才做的动作，再对你左边的人做一次。"

"Yeah！"柏森兴奋地叫了出来，因为他刚刚狠狠地踹了书包一脚。

他在踢孙樱前，竟然还舒展筋骨，热身一下。

孙樱被柏森踢一脚后，用力瞪着柏森十秒钟。

柏森朝她比个"V"的手势。

她转过身看着我时，我低下头，像一只等待主人来摸毛的小狗。

因为孙樱是用手在书包上摸了一圈。

孙樱人不高，坐着时更矮，还有点驼背。

为了让孙樱能顺利地摸我的头一圈，我低头时，下巴几乎碰到地面。

她摸完后,我抬起头看她,她不好意思地笑了笑。

看来我们的梁子算揭过了,虽然以前我把她当陀螺旋转,现在她也把我当汤圆搓了一圈。

后来柏森常取笑我,说我很适合当政治人物。

因为在台湾很多当大官的人,都要先学会被人摸摸头。

轮到我时,我迟疑了很久。

"菜虫!你书白念的吗?要把游戏认真完成的道理,你不懂吗?你看我还不是忍痛含泪地踢了金莲妹子一脚。你可知我心如刀割!"

我在心里骂道:忍个屁痛,含个鬼泪,你踢得可爽了。

"喂!快点!是不是嫌弃我们中文系的女孩子呢?"

不知道是哪个短命的女孩子,冒出这一句。

我禁不住大家一再地起哄喧闹,只好转过身靠近明菁。

明菁已经低下了头,垂下的发丝,像帘幕般遮住了她的右脸颊。

我把脸凑近明菁时,轻轻将她的头发拨到耳后,看到她发红的耳根。

我慢慢伸出左手覆盖着她的右脸颊,右手同时举起,挡着别人的视线。

迅速亲了自己的左手掌背一下。

"谢谢大家的成全,小弟感激不尽。"我高声说。

之后玩了什么游戏,我就记不太清楚了。

我好像戴上了耳机,听不见众人嬉闹的声音。
五点左右解散,六点在住宿的山庄用餐。
我顺着原路下山,走了一会,往山下看,停下脚步。
"过儿,还不快走?天快黑了。"
我回过头,明菁微笑地站在我身后。

"同样一条阶梯,往下看的话,还会像思念的形状吗?"
"当然不会了。"
明菁走到我身旁,笑着说:
"思念通常只有一个方向,因为你思念的人,未必会思念你呀!"
"嗯。"
"过儿,肚子饿了吗?赶快下山去大吃一顿吧。"

吃完晚饭后,我和柏森为了七点半的营火晚会做准备。
"过儿,你在做什么?"
"我把这些木柴排好,待会要生营火。"
"需要帮忙吗?"
"不用了。"
"哦。"
明菁好像有点失望。

"这样好了,待会由你点火。"
"真的吗?"
"如果我说是骗你的,你会打我吗?"
"过儿,不可以骗人的,你……"
"好啦,让你点火就是了。"

本来我和柏森打算用类似高空点火的方式点燃营火,看来得取消了。

明菁在我身旁走来走去,蹲下身,捡起一根木柴,放下去,再站起身。

重复了几次后,我忍不住问道:

"是不是有什么事呢?"

"没什么。我想问你,今天下午的传书包游戏,你以前玩过吗?"

"没有。"

"嗯。"

明菁停下脚步。

"过儿,我问你一个问题。你要老实回答,不可以骗人。"

"好。"

"我想知道……"明菁踢了地上的一根木柴,"你为什么不亲我?"

我手一松,拿在手里的三根木柴,掉了一根。

"你说什么?"

"你已经听到了。我不要再重复一次。"

"我胆子小,而且跟你还不是很熟,所以不敢。"

"真的吗?"

"如果我说是骗你的,你会打我吗?"

"喂!"

"好。我以我不肖父亲杨康的名字发誓,我是说真的。"

"那就好。"

明菁微笑地捡起掉在地上的那根木柴,放到我手里。

"你再老实告诉我,你后不后悔?"

"当然后悔。"

"后悔什么?"

"我应该学柏森一样,狠狠地踢书包一脚才对。"

"过儿!"

"好。我坦白说,我很懊恼没亲你。"

"真的吗?"

"如果我说是骗你的,你会打我吗?"

明菁这次不搭腔了。蹲下身,捡起一根木柴,竟然还挑最粗的。

"姑姑,饶了我吧。我是说真的。"

"嗯。那没事了。"

然后明菁就不说话了,只是静静地在旁边看我排放木柴。

七点半到了,人也陆续围着营火柴,绕成一圈。

我点燃一根火把,拿给明菁。

"点这里,"我指着营火柴中央一块蘸了煤油的白布,"要小心哟。"明菁左手捂着耳朵,拿火把的右手伸长……伸长……再伸长……点着了。点燃的瞬间,轰的一声,火势也猛烈地燃烧起来。

"哇!"明菁的惊喜声刚好和柏森从音响放出的音乐声一致。

于是全场欢呼,晚会开始了。

除了一些营火晚会常玩的游戏和常跳的舞蹈外,各组还得表演节目。

四十二个人分成七组,我、明菁、柏森和孙樱都在同一组。

我们这组的表演节目很简单,交给柏森就行了。
他学张洪量唱歌,唱那首《美丽花蝴蝶》。

> 你像只蝴蝶在天上飞,飞来飞去飞不到我身边……
> 我只能远远痴痴望着你,盼啊望啊你能歇一歇……

那我们其他人做什么?
因为柏森说,张洪量唱歌时,很像一个在医院吊了三天点滴的人。
所以我演点滴,明菁演护士,孙樱演蝴蝶,剩下两人演抬担架的人。
柏森有气无力地唱着,学得很像,全场拍手叫好。
我一直站在柏森旁边,对白只有"滴答滴答"。
明菁的对白也只有一句"同学,你该吃药了"。
孙樱比较惨,她得拍动双手,不停地在场中央绕着营火飞舞。

晚会大约在十点结束,明早七点集合,准备去爬山。
晚会结束后,很多人跑去夜游,我因为觉得累,洗完澡就睡了。
"过儿,过儿……"
半梦半醒之间,好像听到明菁在房门外敲门叫我。
"是谁啊?"
"太好了!过儿你还没睡!"
"嗯。有事吗?"
"我想去夜游。"

"那很好啊。"

"我刚去洗澡,洗完后很多人都不见了,剩下的人都在睡觉。"
"嗯。然后呢?"
"然后我只能一个人去夜游了。"
"嗯。所以呢?"
"因为现在是夜晚,又得走山路,加上我只是一个女孩子……所以我一定要很小心呀。"
"嗯,你知道就好。去吧,小心点。"

"过儿,你想睡觉是不是?"
"是啊。我不只是'想',我是一直在睡啊。"
"哦。你很累是不是?"
"是啊。"
"那你要安心睡,不要担心我。千万不要良心不安哟!"
"啊?我干吗良心不安?"
"你让我一个女孩独自走在夜晚的山路上,不会良心不安吗?"
"……"
"如果我不小心摔下山崖,或是被坏人抓走,你也千万别自责哟。"
"……"

"姑姑,我醒了。你等我一下,我们一起去夜游吧。"
"好呀!"
我拿了一支手电筒,陪着明菁在漆黑的山路上摸黑走着。
山上的夜特别黑,于是星星特别亮。
明菁虽然往前走,视线却总是朝上,这让我非常紧张。
我们没说多少话,只是安静地走路。

经过一片树林时，明菁似乎颤抖了一下。

"你冷吗？"

"不冷。只是有点怕黑而已。"

"怕黑还出来夜游？"

"就是因为怕黑，夜游才刺激呀。"

明菁僵硬地笑着，在寂静的树林中，传来一些回音。

"过儿，你……你怕鬼吗？"明菁靠近我，声音压得很低。

"嘘。"我用食指示意她噤声，"白天不谈人，晚上莫论鬼。"

"可是我怕呀，所以我想知道你怕不怕。"

"这不是怕不怕的问题。就像你问我怕不怕世界末日一样，也许我怕，但总觉得不可能会碰到，所以怕不怕就没什么意义了。"

"你真的相信不可能会碰到……鬼吗？"

"以前相信，但现在不信了。"

"为什么？"

"我以前觉得，认识美女就跟碰到鬼一样，都是身边的朋友，或是朋友的朋友会发生的事，不可能会发生在自己身上。"

"那现在呢？"

"现在不同啊。因为我已经认识美女了，所以当然也有可能会碰到鬼。"

"你认识哪个美女？"

我先看看天上的星星，再摸摸左边的树，踢踢地上的石头。

然后停下脚步，向右转身面对明菁。

"你。"

明菁先是愣了一下,然后很灿烂地笑着。

"过儿,谢谢你。我现在不怕黑,也不怕鬼了。"

"嗯。明天还得爬山,早点休息吧。"

"好的。"

午夜十二点左右,回到住处,互道了声晚安,就各自回房睡了。

隔天在车上,明菁先跟我说抱歉。

"过儿,昨晚我不敢一个人夜游,硬要你陪我走走,你不会介意吧?"

"当然不会。出去走走也蛮好玩的。"

"真的吗?"

"如果我说是骗你的,你会打我吗?"

"过儿,我相信你不会骗我。"明菁笑了笑,"谢谢你陪我。"

然后明菁就沉沉睡去。要下车时,我再叫醒她。

明菁爬山时精神抖擞,边走边跳,偶尔嘴里还哼着歌。

"过儿,你看。"她指着我们右前方路旁一棵高约七米的台湾赤杨。

"你该不是又想告诉我,这棵树的样子很像思念的形状吧。"

明菁呵呵笑了两声,走到树下,然后招手示意我靠近。

"你有没有看到树上那一团团像鸟巢的东西呢?"

我走到她身旁,抬头往上看。

光秃秃的树枝上,这团鸟巢似的东西,有着绿色的叶子,结白色浆果。

"那叫槲寄生,是一种寄生植物。这棵台湾赤杨是它的寄主。"

"槲寄生？圣诞树上的装饰？"

"嗯。西方人视它为一种神圣的植物，常用来装饰圣诞树。在槲寄生下亲吻是很吉祥的哟！传说在槲寄生下亲吻的情侣，会厮守到永远。"

"哦？真的吗？"

明菁点点头，突然往左边挪开两步。

"如果站在槲寄生下，表示任何人都可以吻你，而且绝对不能拒绝哟！那不仅非常失礼，也会带来不吉利的事。这是圣诞节的重要习俗。"

我捶胸顿足，暗叫可惜。我竟然连续错过两次可以亲吻明菁的机会。

"呵呵……幸好你没听过这种习俗。你知道希特勒也中过招吗？"

"哦？"

"听说有次希特勒参加宴会时，一个漂亮的女孩引领他走到槲寄生下，然后吻了他。他虽然很生气，可是也不能怎样呀！"

明菁干脆坐了下来，又向我招招手，我也顺便坐着休息。

"所以呀，西方人常常将槲寄生挂在门梁上。不仅可以代表幸运，而且还可以守株待兔，亲吻任何经过门下的人。"

"嗯。这种习俗有点狠。"

"柏森！危险！"

正当我和明菁坐着聊天时，柏森和孙樱从我们身旁路过。

"干吗？"柏森回过头问我。

"小心啊！往左边一点，别靠近这棵树。"

"树上有蛇吗?"柏森虽然这么问,但还是稍微离开了台湾赤杨。

"比蛇还可怕哟。"

"过儿!你好坏。孙樱人不错的。"

"对不起。柏森是我最好的朋友,我于心不忍啊。"

明菁扑哧笑了出声。

柏森和孙樱则一脸纳闷,继续往前走。

"这便是槲寄生会成为圣诞树上装饰品的原因。当圣诞夜钟声响起时,在圣诞树下互相拥抱亲吻,彼此的情谊就能一直维持,无论是爱情还是友情。有些家庭则干脆把槲寄生放在屋顶,因此只要在房子里亲吻,就可以保佑全家人永远幸福快乐地生活在一起。"

明菁说完后,神情非常轻松。

"过儿,这种传统很温馨吧?"

我点点头。

我看着台湾赤杨已褪尽绿叶的树枝,而寄生其上的槲寄生,却依然碧绿。

感觉非常突兀。

"为什么你那么了解槲寄生呢?"

"我以前养过猫,猫常常会乱咬家里的植物。可是对猫而言,槲寄生和常春藤、万年青一样,都是有毒的。所以我特地去找书来研究过。"

"书上说,从很久很久以前开始,槲寄生就一直是迷信崇拜的对象。"

明菁好像打开了话匣子，滔滔不绝地说着。

"它可以用来对抗巫术。希腊神话中，冥后珀耳塞福涅（Persephone）就是用一枝槲寄生，打开阴界的大门。"

明菁拿出口香糖，递一片给我。

"过儿，你知道在槲寄生下亲吻的圣诞习俗是怎样来的吗？"

"姑姑，你是师父。徒儿谨遵教诲就是了。"

"古代北欧神话中，和平之神巴德尔（Balder）被邪恶之神洛基（Loki）以槲寄生制成的箭射死。槲寄生是世上唯一可以伤害巴德尔的东西。

"巴德尔的母亲——爱神弗丽嘉（Frigga）得知后痛不欲生，于是和众神想尽办法挽救巴德尔的生命，最后终于救活他。弗丽嘉非常感激，因此承诺无论谁站在槲寄生下，便赐给那个人一个亲吻，于是有了圣诞节在槲寄生下亲吻的习俗。而且也将槲寄生所象征的含义——爱、和平与宽恕——永远保存下来。这三者也正是西方人心目中圣诞节的精神本质。"

"原来圣诞节的意义不是吃圣诞大餐，也不是彻夜狂欢啊。"

"嗯。西方人过圣诞节一定待在家里，东亚人却总是往外跑。"

明菁笑了笑，接着说：

"很讽刺，却也很好玩。幸好咱们这儿没多少人知道槲寄生下亲吻的习俗，不然圣诞节时槲寄生的价格一定飙涨，那时你们男生又得哭死了。"

明菁又往上看了一眼槲寄生，轻声说：

"果然是'冬季里唯一的绿'。"

"啊？你说什么？"

"槲寄生在平时很难分辨，可是冬天万树皆枯，只有它依旧绿意盎然，所以就很容易被看到了。也因此它才会被称为'冬季里唯一的绿'。"

明菁转头看着我，欲言又止。

"姑姑，你是不是想告诉我，思念也跟槲寄生一样，不随季节而变？"

"过儿，你真的是一个很聪明、反应又快的人。"明菁笑了笑，站起身，"过儿，我们该走了。"

"嗯。"

我们没走多远，又在路旁看到槲寄生，它长在一棵倒地的台湾赤杨上。

看来这棵台湾赤杨已经死亡，可是槲寄生依然生机蓬勃。

似乎仍在吸取寄主植物最后的供养。

是不是槲寄生在成为替别人带来幸运与爱情的象征前，得先吸干寄主植物的养分呢？

几年后，明菁告诉我，我是一株槲寄生。

那么，我的寄主植物是谁？

第六支烟

你柔软似水
可我的心
却因你带来的波浪,深深震荡着
于是我想你的心,是坚定的
只为了你的柔软,跳动
跳动中抖落的字句,撒在白纸上
红的字、蓝的字,然后黑的字
于是白纸
像是一群乌鸦,在没有月亮的夜里飞行

·耳内呜呜作响,又经过一条隧道了。

苗栗到台中的山线路段山洞特别多,当初的工程人员一定很辛苦。

车内虽明亮,窗外则是漆黑一片。

就像这第六根烟上所说的,"像是一群乌鸦,在没有月亮的夜里飞行"。

我倒了杯水,喝了一口,好烫。

也好,把这杯水当作暖炉,温暖一下手掌。

车内的人还是很多,我只能勉强站在这里。

回忆是件沉重的事,跟思念一样,也是有重量的。

回忆是时间的函数,但时间的方向永远朝后,回忆的方向却一定往前。

两者都只有一个方向,但方向却相反。

我算是个念旧的人吧。

身边常会留下一些小东西,来记录过去某段岁月里的某些心情。

最特别的,大概是明菁送我的那株槲寄生。

柏森曾问我:"留这些东西,不会占空间吗?"

"应该不会。因为最占空间的,是记忆。"

所有保留过的东西,都可以轻易抛弃。

唯独记忆这东西,不仅无法抛弃,还会随着时间增加,不断累积。

而新记忆与旧记忆之间,也会彼此相加相乘,产生庞大的天文数字般的效果。

就像对于槲寄生的记忆,总会让我涌上一股莫名的悲哀与自责。

我觉得头很重,双脚无法负担这种重量,于是蹲了下来。

直到那杯热水变凉。

我喝完水,再站起身,活动一下筋骨,毕竟还有将近三个小时的车程。

坐车无聊时的最大天敌,就是有个可以聊天解闷的伴儿。

只可惜我现在是孤身一人。

那天爬完山,回到台南的车程也是约三个小时。

我跟明菁坐在一起,说说笑笑,不知不觉间台南就到了。

其实回程时,男女还得再抽一次卡片。

"你喜欢林明菁吗?"柏森偷偷问我。

"她人不错啊。问这么奇怪的问题干吗?"

柏森没回答,只是把我手上的二十一张卡片全拿去。

他找出杨过那一张,塞进我口袋。

然后叫我把剩下的二十张卡片给班上男生抽。

他还是拿二十一张写女人名字的卡片给中文系女生抽。

没想到明菁竟然又抽到小龙女。

这次柏森抽到的是唐高宗李治，结果孙樱抽到武则天。
柏森惊吓过度，抱着我肩膀，痛哭失声。
"过儿，我们真是有缘。姑姑心里很高兴。"
明菁看起来非常开心。
"嗯。"
我不敢搭腔。

回到台南，我、明菁、柏森和孙樱，先在成大附近吃夜宵。
十一点半快到时，我和柏森再送她们回宿舍。
十一点半是胜九舍关门的时间，那时总有一群男女在胜九舍门口依依不舍。
然后会有个阿姨拿着石块敲击铁门，提醒女孩们关门的时间到了。
一面敲一面将门由左至右慢慢拉上。
明菁说胜九舍的女生都管那种敲击声叫丧钟。

胜九舍的大门是栅栏式的铁门，门下有转轮，方便铁门开关。
即使铁门拉上后，隔着栅栏，门内门外的人还是可以互望。
所以常有些热恋中的男女，在关上铁门后，仍然穿过栅栏紧握彼此的手。
有的女孩甚至还会激动地跪下，嘤嘤哭泣。
很像探监的感觉。
以前我和柏森常常在十一点半来胜九舍，看这种免费的戏。

丧钟刚开始敲时,明菁和孙樱跟我们挥手告别,准备上楼。

"中文系三年级的孙樱同学啊!请你不要走得那么急啊!"

柏森突然高声喊叫,我吓了一跳。

明菁她们也停下脚步,回头。

"孙樱同学啊!以你的姿色,即便是潘金莲,也有所不及啊!"

"无聊!"

孙樱骂了一声,然后拉着明菁的手,转身快步上楼。

"孙樱同学啊!你的倩影已经深植在我脑海啊!我有句话一定要说啊!"

柏森好像在演话剧,大声地念着对白。

"不听!不听!"

依稀可以听到孙樱从宿舍里传来的声音。

"这句话只有三个字啊!只是三个紧紧牵动我内心的字啊!"

"……"

听不清楚孙樱说什么。

"孙樱同学啊!只是三个字啊!请你听我倾诉啊!"

"孙樱同学啊!如果我今晚不说出这三个字,我一定会失眠啊!"

"孙樱同学啊!我好不容易有勇气啊!我一定要向你表白啊!"

"孙樱同学啊!我要让全胜九舍的人都听到这三个字啊!那就是……"

"柏森!"

我非常紧张地出声制止。

旁观的男女也都竖起耳朵,准备听柏森说出那令人脸红心跳的三个字。

"早——点——睡——！"

柏森双手圈在嘴边，大声而清楚地说出这三个字。

我先是愣了一下，然后笑了出来。

"啪"的一声，四楼某个房间的窗子突然打开。

"去死！"

孙樱狠狠地丢出一件东西，我们闪了一下，往地上看，是只鞋子。

我捡起鞋子，拉走朝四楼比着"V"手势的柏森，赶紧逃离现场。

回到家楼下，爬楼梯上楼时，我骂柏森：

"你真是无聊，你不会觉得丢脸吗？"

"不会啊，没人知道我是谁。倒是孙樱会变得很有名。"

"你干吗捉弄她？"

"没啊，开个玩笑而已。改天再跟她道歉好了。"

"对了，你为什么把杨过塞给我？"

"帮你啊，笨。我看你跟林明菁好像很投缘。"

"那你怎么让她抽到小龙女？"

"这很简单。一般人抽签时，都会从中间抽，个别人抽第一张。所以我把小龙女藏在最下面，剩下最后两张时，再让她抽。"

"那还是只有一半的概率啊。"

"本来概率只有一半，但我左手随时准备着。如果她抽到小龙女就没事。

如果不是，我左手会用力，她抽不走就会换抽小龙女那张了。"

"你说什么!"

我们开门回家时,秀枝学姐似乎在咆哮。

"我说你的内衣不要一次洗那么多件,这样阳台好像是菜瓜棚啊。"

子尧兄慢条斯理地回答。

"你竟敢说我的内衣像菜瓜!"

"是很像啊。尤其是挂了这么多件,确实很像在阳台上种菜瓜啊。"

"你……"

"菜虫,你回来得正好。你来劝劝秀枝学姐……"

子尧兄话还没说完,秀枝学姐声音更大了。

"跟你讲过很多遍了,不要叫我学姐。你大我好几岁,我担待不起!"

"可是你看起来跟我差不多年纪啊。"

"你再说一遍!"

"秀枝学姐,两天不见,你依然靓丽如昔啊!"

柏森见苗头不对,赶快转移话题。

"子尧兄,我从山上带了两颗石头给你。你看看……"

我负责让子尧兄不要再讲错话。

秀枝学姐气鼓鼓地回房,子尧兄还是一脸茫然。

我把从山上溪流边捡来的两颗暗褐色椭圆形石头,送给子尧兄。

柏森也拿给子尧兄一颗石头,是黑色的三角形的。

因为子尧兄有收集石头的嗜好。

子尧兄说了声谢谢,我们三人就各自回房间休息了。

隔天上完课回来,走进客厅,我竟然看到明菁坐在椅子上看电视。

"你怎么会在这里?"我很讶异。

"呜……"明菁假哭了几声,"学姐,你室友不欢迎我啊。"

"谁那么大胆!"秀枝学姐走出房门,看着我,"菜虫,你敢不欢迎我直属学妹?"

"啊?秀枝学姐,你是她的直属学姐?"

"正是。你为什么欺负她?"

"没啊。我只是好奇她怎么会出现在这里而已。"

"那就好。我这个学妹可是才貌双全、色艺兼备哟,不可以欺负她。"

秀枝学姐说完后,又进了房间。

"我没骗你吧。"明菁耸耸肩,"我直属学姐总是这么形容我。"

我伸手从明菁递过来的饼干盒里,挑出一包饼干。

"没想到你住这里。"明菁环顾一下四周,"这地方不错哟。"

"你怎么会在这里?"我又问一次。

"学姐说你住这里,所以我就过来找你呀。过儿,你要赶姑姑走吗?"

"不要胡说。"

我也坐了下来,开始吃饼干,陪她看电视。

"你找我有事吗?"过了一会,我说。

"过儿,"明菁的视线没离开电视,伸出左手到我面前,"给我。"

我把刚拆开的饼干包装纸放在她摊开的左手掌上。

"不是这个啦!"

"不然你要我给你什么?"

"鞋子呀。"

"鞋子?"我看了一下她的脚,她穿着我们的室内拖鞋。

我再探头往外面的阳台上看,多了一双陌生的绿色凉鞋。

我走到阳台,拿起那双绿色凉鞋,然后回到客厅,放在她脚边。

"这么快就要走了吗?"我很纳闷。

明菁把视线从电视机移到我身上,再看看我放在地上的鞋子。

"过儿……"明菁突然一直笑,完全没有停止的迹象。

"你怎么了?"

"我是指你昨晚捡的鞋子,那是我的。我是来拿鞋子的。"

"哦。你怎么不讲清楚。"

"孙樱怎么会丢出你的鞋子呢?"我拿出昨晚捡的鞋子,还给明菁。

"她气坏了。随手一抓,就拿到我的鞋子。想也没想,就往下砸了。"

"她还好吗?"

"不好。她到今天还在生气。"

"真的吗?"

"嗯。尤其是看到今天宿舍公告栏上贴的公告后,她气哭了。"

"什么公告?"

"不知道是谁贴的,上面写着:'仿佛七夕鹊桥会,恰似孔雀东南飞。奈何一句我爱你,竟然变为早点睡。'"

"柏森只是开玩笑,没有恶意的。"
"不可以随便跟女孩子开这种玩笑哟,这样女孩子会很伤心的。"
"柏森说他会跟孙樱道歉。柏森其实人很好的。"
"嗯。难怪孙樱说李柏森很坏,而你就好得多,所以她叫我要……"
明菁突然闭口,不再继续讲。

"叫你要怎样?"
"这间房子真是宽敞。"
"孙樱叫你要怎样?"
"这包饼干实在好吃。"
"孙樱到底叫你要怎样?"
"这台电视画质不错。"
"孙樱到底是叫你要怎样呢?"
"过儿!你比李柏森还坏。"
我搔搔头,完全不知道明菁在说什么。

明菁继续看电视,过了约莫十分钟,她才开口:
"过儿,你要听清楚哟。孙樱讲了两个字,我只说一遍。"
"好。"我非常专注。
"第一个字,衣服破了要找什么来缝呢?"
"针啊。"
"第二个字,衣服脏了要怎么办呢?"

"洗啊。"
"我说完了。"
"针洗?"
明菁不搭腔了。

"哦,原来是'珍惜'。"
明菁没回答,吃了一口饼干。
"可是孙樱干吗叫你要珍惜呢?"
明菁吃了第二口饼干。
"孙樱到底叫你要珍惜什么呢?"
明菁吃了第三口饼干。
"珍惜是动词啊,没有名词的话,怎么知道要珍惜什么?"
"学姐!你室友又在欺负我了!"
明菁突然大叫。

"菜虫!"秀枝学姐又走出房门。
"学姐饶命,她是开玩笑的。"我用手肘推了推明菁,"对吧?"
"你只要不再继续问,那我就是开玩笑的。"明菁小声说。
我猛点头。
"学姐,我跟他闹着玩的。"明菁笑得很天真。
"嗯。明菁,我们一起去吃饭吧。"秀枝学姐顺便问我,"菜虫,要不要一起吃?"
"不用了。我等柏森。"

吃晚饭时,我跟柏森提起孙樱气哭的事,他很自责。
所以他提议下礼拜的圣诞夜,在顶楼阳台烤肉,请孙樱她们过来玩。
"你应该单独请她吃饭或看电影啊,干吗拖我们下水?"
"人多比较热闹啊。而且也可以给你和林明菁制造机会。"
"不用吧。我跟林明菁之间没什么的。"
"菜虫,"柏森意味深长地看着我,"你以后就知道了。"

圣诞夜当晚,天气晴朗而凉爽,很舒适。
我和柏森拉了条延长线,从五楼到顶楼阳台,点亮了几盏灯。
秀枝学姐负责采买,买了一堆吃的东西,几乎可以吃到明年。
柏森拜托子尧兄少开口,免得秀枝学姐一怒之下抓他来烤。
然后我们又搬了几张桌椅到阳台上。

七点左右,明菁和孙樱来了。明菁看来很高兴,孙樱则拉长了脸。
不过当柏森送个小礼物给孙樱时,她的脸就松弛下来了。
我们六个人一边烤肉,一边聊天,倒也颇为惬意。
当大家都吃得差不多饱时,子尧兄还清唱了他的成名曲《红豆词》。
"没想到你还挺会唱歌的。"秀枝学姐瞄了一眼子尧兄。
子尧兄很兴奋,又继续唱了几首。
然后他们竟然开始讨论起歌曲和唱歌这件事情。

柏森刻意地一直陪孙樱说话,可以看出他真的对那个玩笑很内疚。
明菁玩了一下木炭的余烬后,指着隔壁栋的阳台问我:
"过儿,可以到那边去看看吗?"
我点点头。

隔壁的阳台种了很多花草,跟我们这边阳台的空旷,呈明显的对比。

两个阳台间,只隔了一道约一米二高的墙。

"爬墙没问题吧?"我问。
"这种高度难不倒我的。"
"嗯。结婚前爬爬墙可以,结婚后就别爬了。"
"过儿。你嘴巴好坏,竟然把我比喻成红杏。"

我和明菁翻过墙,轻声落地。
楼下是那对常摔碗盘的夫妇,脾气应该不好,没必要再刺激他们。
她一样一样叫出花草的名称,我只是一直点头,因为我都不懂。
"你好像很喜欢花花草草?"
"嗯,我很喜欢大自然。我希望以后住在一大片绿色的草原中。"
明菁张开双臂,试着在空中画出很大很大的感觉,然后问我:
"过儿,你呢?"
"我在大自然里长大,都市的水泥丛林对我来说,反而新鲜。"
"你很特别。"明菁笑了笑。

"过儿,谢谢你们今天的招待。"
明菁靠着阳台的栏杆,眺望着夜景,转过头来跟我说。
"别客气。"我也靠着栏杆,在她身旁。
明菁嘴里轻哼着歌,偶尔抬头看看夜空。
"这里很静又很美,不介意我以后常来玩吧?"
"欢迎都来不及。"

明菁歪着头注视着我,笑着说:"过儿,你在说客套话哟。"
我也笑了笑:"我是真的欢迎你来。"

"对了,我送你一样东西。你在这里等我一下。"
明菁翻过墙去拿了一样东西,要回来时,先把东西搁在墙上,再翻过来。
很像朱自清的散文《背影》中,作者描述他爹在月台爬上爬下买橘子的情景。
如果她真的拿橘子给我,那我以后就会改叫她为爹,而不是姑姑了。
"喏,送你的。"
她也拍拍衣服上的尘土,活像《背影》中形容的那样。

那是一株绿色植物,有特殊的叉状分枝。
叶子对生,像是儿童玩具竹蜻蜓。果实小巧,带点黏性。
"这是什么?"
"槲寄生。"
虽然我已是第二次看到槲寄生,但上次离得远,无法看清楚。

我看着手里的槲寄生,有一股说不出的好奇。
于是我将它举高,就着阳台上的灯光,仔细端详。
"有什么奇怪的吗?"明菁被我的动作吸引,也凑过来往上看。
"槲寄生的……"
我偏过头,想问明菁为什么槲寄生的果实会有黏性时,她突然"哎呀"一声,迅速退开两步。
"过儿!"

"啊？"

"你好奸诈。"
"怎么了？"
明菁没搭腔，努了努嘴，手指指向槲寄生。
我恍然大悟，原来她以为我故意引诱她站在槲寄生下面，然后要亲她。
"没有啦，我只是想仔细看槲寄生而已。"
"嗯。刚刚好险。"明菁笑了笑。
我第三次错过了可以亲吻明菁的机会。

后来我常想，俗语说"事不过三"，那如果事已过了三呢？
我跟明菁之间，一直有许多的因缘将我们拉近，却总是缺乏临门一脚。
像足球比赛一样，常有机会射门，可惜球儿始终无法破网。

"谢谢你的礼物。"我摇了摇手中的槲寄生，对着明菁微笑。
"不客气。不过你要好好保存哟。"
"为什么？"
"槲寄生可从寄主植物上吸收水分和无机物，进行光合作用制造养分，但养分还是不够。所以当寄主植物枯萎时，槲寄生也会跟着枯萎。"
"那干吗还要好好保存呢？"
"虽然离开寄主植物的槲寄生，没多久就会枯掉。不过据说折下来的槲寄生存放几个月后，树枝会逐渐变成金黄色。"
"嗯。我会一直放着。"

"对了,我刚刚是想问你,为什么槲寄生的果实会有黏性?"
"这是槲寄生为了繁衍和传播之用的。"
"嗯?"
"槲寄生的果实能散发香味,吸引鸟类啄食,而槲寄生具黏性的种子,便粘在鸟喙上。随着鸟的迁徙,当鸟在别的树上把这些种子擦落时,槲寄生就会找到新的寄主植物。"
"原来如此。"我点点头,将槲寄生收好。

十一点左右,我和柏森送明菁她们回宿舍。
到胜九舍时,孙樱说还想买个东西,叫明菁先上楼。
明菁跟我们说了声圣诞快乐后,就转身上楼了。
孙樱等明菁的背影消失后,神秘地告诉我:
"菜虫,你该,感谢,明菁。"

"我谢过了啊。"
"孙樱不是指礼物的事啦。今晚原本有人要请林明菁看电影哟。"
柏森在一旁接了话,语气带点暧昧。
"人家可是为了你而推掉约会,所以你该补偿她一场电影。"
"提议今晚聚会的是你吧,要补偿也应该是你补啊。"
我指了指柏森。

"你这没良心的小子,是你坚持要请她来我们家玩的。"
我正想开口反驳,柏森眨了眨眼睛。
"而且你还说:'没有林明菁的圣诞夜,耶稣也不愿意诞生。'"
"乱讲!我怎么可能会说出这种……"
"恶心"还没出口,柏森已经捂住我的嘴巴。

"菜虫，别不好意思了。请她看场电影吧。"
"没错。"孙樱说。

"孙樱，你们明天没事吧？"
"没有。"
"那明天中午十二点这里见，我们四个人一起吃午饭。"柏森把捂着我嘴巴的手放开，接着说，"然后再让菜虫和林明菁去看电影。你说好不好？"
"很好。"孙樱点点头。
"我……"
"别太感激我，我会不好意思的。"柏森很快打断我的话。
"就这么说定了。"柏森朝孙樱挥挥手，"明天见。"

隔天是圣诞节，放假一天。
中午我和柏森各骑一辆摩托车，来到胜九舍门口。
孙樱穿了一件长裙，长度快要接近地面，我很纳闷裙子怎会那么长。
后来看到明菁也穿长裙出来时，我才顿悟。
原来一般女孩的过膝长裙，孙樱可以穿到接近地面。

我们到学校附近的一家餐馆吃饭，是我和柏森经常去吃的那家。
"这家店真的不错啊，我和菜虫曾经在一天之中连续来两次。"
柏森坐定后，开了口。
"真的吗？"明菁问我。
"没错。不过这是因为那天第一次来时，我们俩都忘了带钱。"

我装作没看到柏森制止的眼神,"所以第二次光顾,是为了还钱。"
"呵呵……这样哪能算。"

我们四人坐在二楼靠窗的位置,只可惜今天是阴天,窗外灰蒙蒙的。

明菁坐在我对面,我左边是窗,右边是柏森。

明菁似乎很喜欢这家店,从墙上的画赞美到播放的音乐。

甚至餐桌上纯白花瓶里插上的红花,也让她的视线驻留良久。

"过儿,你说是吗?"她总是这样问我的意见。

"应该是吧。"我也一直这样回答。

孙樱和柏森偶尔低头窃窃私语,似乎在讨论事情。

明菁看看他们,朝我耸耸肩,笑一笑。

明菁起身上洗手间时,柏森和孙樱互相使了眼色。

"菜虫,我跟孙樱待会吃完饭后,会找借口离开。"柏森慎重地交代,"然后你要约她看电影哟。"

"孙樱说林明菁不喜欢看恐怖片和动作片,我们都觉得她应该会喜欢《辛德勒的名单》。这里有几家戏院播放的时间,你拿去参考。"

柏森拿出一张纸条,递到我面前。我迟疑着。

"还不快领旨谢恩!"

"谢圣上。"我接下了纸条。

"可是《辛德勒的名单》不是动作片加恐怖片吗?"

"怎么会呢?"

"纳粹屠杀犹太人时会有杀人的动作,而杀人时的画面也会很恐怖啊。"

"你别跟我耍白烂，去看就是了。"柏森很认真。

我还想再做最后的挣扎时，明菁回来了。

"母狗，小狗，三只。好玩，去看。"

我们离开餐馆时，孙樱突然冒出了这段话。

"啊？"我和明菁几乎同时发出疑问。

"孙樱是说她朋友家的母狗生了三只小狗，她觉得很好玩，想去看。"

柏森马上回答。

"你怎么会听得懂？"明菁问柏森。

"我跟孙樱心有灵犀啊！哈哈……哈哈……哈哈哈……"

柏森开始干笑。孙樱可能不擅长说谎或演戏，神态颇为局促。

结果柏森就这样载走孙樱，留下紧张而忐忑的我，与充满疑惑的明菁。

其实经过几次的相处，我和明菁虽然还不算太熟，但绝不至于陌生。

与明菁独处时，我是非常轻松而愉快的。

我说过了，对我而言，明菁像是温暖的太阳，一直都是。

可是以前跟她在一起时，只是单纯地在一起而已，无欲则刚。

但现在我却必须开口约她看电影，这不禁让我心虚。

毕竟从一般人的角度来看，这种邀约已经包含了追求的意思。

对很多男孩子而言，开口约女孩子要鼓起很大的勇气。

而且心理上会有某种程度的害怕。

不是怕"开口约",而是怕"被拒绝"。

闽南语有句话叫"铁打的身体也禁不住三天拉肚子"。

如果改成"再坚强的男人也禁不住被三个女人拒绝",也是差不多通的。

悲哀的是,对我来说,"开口"这件事已经够难的了。

要我开口可能跟要我从五楼跳下是同样的艰难。

至于被不被拒绝,只是跳楼的结果是死亡还是重伤的差异而已。

还有一个重要的问题:我真的想追求明菁吗?

当时的我,对"追求明菁"这件事是没有任何心理准备的。

如果不是孙樱和柏森的怂恿与陷害,我压根没想到要约明菁看电影。

请注意,我否认的是"追求明菁"这件事,而不是"明菁"这个女孩。

举例来说,明菁是一颗非常美丽且灿烂夺目的钻石,我毫无异议。

但无论这颗钻石有多么闪亮,无论我多么喜欢,并不代表我一定得买啊。

至于到底是买不起还是不想买,那又是另一个问题了。

"过儿,你在想什么?"冷不防明菁问了一句。

"没……没事。"钻石突然开口说话,害我吓了一跳。

"真的吗?不可以骗我哟。"

"嗯。你……你下午有事吗?"

"没呀。你怎么讲话开始结巴了呢?"

"天气冷嘛。"

"那我们不要站着不动，随便走走吧。"

我们在餐馆附近晃了一下，大概经过了三十几家店、两条小巷子。

明菁走路时，会将双手插入外套的口袋，很轻松的样子。

但是我心跳的速度，却几乎可以媲美摇滚乐的鼓手。

明菁偶尔会停下来，看看店家贩卖的小饰品，把玩一阵后再放下。

"过儿，可爱吗？"她常会把手上的东西递到我眼前。

"嗯。"我接过来，看一看，点点头。

点了几次头后，我发觉我冷掉的胆子慢慢热了起来。

"姑姑，过儿，两个，电影，去看。"我终于鼓起勇气从五楼跳下。

明菁似乎吓了一跳，接着笑了出来。

"过儿，不可以这么坏的。你干吗学孙樱说话呢？"

"这……"我好不容易说出口，没想到她却没听懂。

正犹豫该不该再提一次时，走在前面的明菁突然停下脚步，转过身。

"过儿，你是在约我看电影吗？"她还没停住笑声。

"啊……算是吧。"

明菁的笑声暂歇，理了理头发，顺了顺裙摆，嘴角微微上扬。

"过儿，请你完整而明确地说出，你想约我看电影这句话。好不好？"

"什么是完整而明确呢？"

"过儿,"明菁直视着我,"请你说,好吗?"

明菁的语气坚定,而且眼神非常诚恳。

我到现在还记得那种眼神的温度。

"我想请你看电影,可以吗?"仿佛被她的眼神打动,我不禁脱口而出。

"好呀。"

画面定格。

灯光直接打在明菁的身上。

明菁的眼神散射出光亮,将我全身笼罩。

行人以原来的速度继续走着,马路上的车子也是,但不能按喇叭。

而路边泡沫红茶摊位上挂着的那块"珍珠奶茶15元"的牌子,依旧在风中随意飘荡。

"就这么简单?"

我没想到必须在心里挣扎许久的问题,可以这么轻易地解决。

"原本就不复杂呀。你约我看电影,我答应了,就这样。"

明菁的口气好像在解决一道简单的数学题目一样。

"哦。"我还是有点不敢置信。

"过儿,你有时会胡思乱想,心里自然会承受许多不必要的负担。"明菁笑了笑,"我们去看电影吧。"

我趁明菁去买两杯珍珠奶茶的空当,偷瞄了柏森给我的小抄。

估计一下时间,决定看两点四十分的那场电影。

柏森和孙樱说得没错,明菁的确喜欢《辛德勒的名单》。

因为当我提议去看《辛德勒的名单》时,她马上拍手叫好。
看完电影后,她还不断跟我讨论剧情和演员,很兴奋的样子。
我有点心不在焉,因为我不知道接下来要做什么。
我已经完成约明菁看电影的任务,然后呢?

"过儿,我们去文化中心逛逛好吗?"
"啊!"
"你有事吗?"
"没有。"
"那还'啊'什么,走吧。"
问题又轻易地解决。

文化中心有画展,水彩画和油画的。
我陪明菁随性地看,偶尔她会跟我谈谈某幅画怎样怎样。
"过儿,你猜这幅画叫什么名字?"
明菁用手盖住了写上画名的卡片,转过头问我。
画中有一个年轻的裸女,身旁趴了只老虎,老虎双眼圆睁,神态凶猛。
女孩的及腰长发遮住右脸,神色自若,还用手抚摸着老虎的头。
"不知死活?"我猜了一下画名。

明菁笑着摇了摇头。
"与虎共枕?"
"再猜。"
"爱上老虎不是我的错?"
"再猜。"

"少女不知虎危险，犹摸虎头半遮面。"

"过儿！你老喜欢胡思乱想。"

明菁将手移开，我看了看卡片，原来画名就只叫《美人与虎》。

"过儿，许多东西其实都很单纯，只是你总是将它想得很复杂。"

"画名如果叫'不知死活'也很单纯啊。"

"这表示你认为老虎很凶猛，女孩不该抚摸。可见思想还是转了个弯。"

"那她为什么不穿衣服呢？"

"人家身材好不行吗？一定需要复杂的理由吗？"明菁双手轻叉着腰际，很顽皮地笑着，然后说，"就像我现在饿了，你大概也饿了，所以我们应该很单纯地去吃晚饭。"

"单纯？"

"当然是单纯。吃饭怎么会复杂呢？"

我们又到中午那家餐馆吃饭，因为明菁的提议。

"过儿，回去记得告诉李柏森，这样才真正叫一天之中连续来两次。"

"你这样好酷啊。"

"这叫单纯。单纯地想改写你们的纪录而已。"

"为什么你还是想坐在同样的位置上呢？"

"还是单纯呀。既然是单纯，就要单纯到底。"

"那你要不要也点跟中午一样的菜？"

"这就不叫单纯，而是固执了。"明菁笑得很开心。

也许是因为受到明菁的影响，所以后来我跟明菁在一起的任何场合,我就会联想到单纯。

单纯到不需要去想我是男生而她是女生的尴尬问题。

虽然我知道后来我们之间并不单纯,但我总是刻意地维持单纯的想法。

明菁,你对我的付出,一直是单纯的。

即使我觉得这种单纯,近乎固执。

很多东西我总是记不起,但也有很多东西却怎么也无法忘记。

就像那晚跟明菁一起吃饭,我记得明菁说了很多事,我也说了很多。

但内容是什么,我却记不清楚。

随着明菁发笑时的掩口动作,或是用于强调语气的手势,她右手上的银色手链,不断在我眼前晃动。

我常在难以入眠的夜里,梦到这道银色闪电。

我和明菁似乎只想单纯地说很多事,也单纯地想听对方说很多事而已。

单纯到忘了胜九舍关门的时间。

"啊!"明菁看了一下手表,发出惊呼,"惨了!"

"没错。快闪!"我也看了表,离胜九舍关门,只剩下五分钟。

匆匆结了账,我跨上摩托车,明菁跳上后座,轻拍一下我右肩:

"快!"

"姑姑,你忘了说个'请'字哟。"

"过儿!"明菁非常焦急,又拍了一下我右肩,"别闹了。"

"不然说声'谢谢'也行。"

"过儿!"明菁拍了第三下,力道很重。

我笑了笑,加足马力,三分钟内,飙到胜九舍门口。

"等一等!"在丧钟敲完时,明菁侧身闪进快关上的铁门。

"呼⋯⋯"明菁一面喘气,双手抓住铁门栏杆,挤了个笑容,"好险。"

"你现在可以说声'谢谢'了吧?"

"你还说!"明菁瞪了我一眼,"刚刚你一定是故意的。"

"我只是单纯地想知道,如果你赶不上宿舍关门的时间会如何。"

"会很惨呀!笨。"

等到明菁的呼吸变匀,我跟她挥挥手:"晚安了。"

"过儿,你肩膀会痛吗?"

"肩膀还好,不过你一直没对我说谢谢,我心很痛。"

"过儿,谢谢你陪我一天。我今天很快乐。"

"我是开玩笑的。你一定累坏了,今晚早点睡吧。"

"嗯。"

我转身离去,走了两步。

"过儿。"

我停下脚步,回头。

"你回去时骑车慢一点,你刚刚骑好快,我很担心。"

我点点头,然后再次转身准备离去。

"过儿。"

我又把头转回来看着明菁。

"我说我今天很快乐,是说真的,不是客套话。"
"我知道了。"我笑了笑,又点点头。第三次转身离去。
"过儿。"

"姑姑,你把话一次说完吧。我转来转去,头会扭到。"
"没什么事啦。"明菁似乎很不好意思,"只是要你也早点睡而已。"
"嗯。"我索性走到铁门前,跟明菁隔着铁门互望。
只是单纯地互望,什么话也没说。
明菁的眼睛很美,尤其在昏暗的灯光中,更添一些韵味。
突然想到以前总是跟柏森来这里看戏,没想到我现在却成了男主角。
我觉得浑身不自在,尴尬地笑了笑。

"过儿,你笑什么?"
"没事。只是觉得这样罚站很好玩。你先上楼吧,我等你走后再走。"
"好吧。"明菁松开握住栏杆的手,然后将手放入外套的口袋。
"别再把双手插在口袋里了,那是坏习惯。"
"好。"明菁将手从口袋里抽出,"我走了哟。"
明菁走了几步,回过头:
"过儿,我答应跟你看电影,你难道不该说声谢谢?"

"谢谢、谢谢、谢谢。我很慷慨,免费多奉送两声谢谢。"
"过儿,正经点。"明菁的表情有点认真。
"为什么?"

"因为我是第一次跟男孩子看电影。"明菁挥挥手,"晚安。"
我愣了一下,回过神时,明菁的背影已经消失在墙角。

明菁,有很多话我总是来不及说出口,也不知道怎么说出口。
所以你一直不知道,我也是第一次约女孩子看电影。
我欠你的,不只是一声由衷的谢谢。
还有很多句对不起。

经过那次圣诞夜聚会以后,明菁和孙樱便常来我们那里。
尤其是晚上八点左右,她们会来陪秀枝学姐看电视。
我和柏森总喜欢边看电视剧,边骂编剧低能和变态。
难怪人家都说电视台方圆十里之内,绝对找不到半只狗。
因为狗都被宰杀光了,狗血用来洒进电视剧里。
有时她们受不了我们在电视旁边吐血,还会喧宾夺主,赶我们进房间。
如果她们待到很晚,我们会一起出去吃夜宵,再送她们回宿舍。

有次她们六点不到就跑来,还带了一堆东西。
原来秀枝学姐约她们来下厨。
看她们兴奋的样子,我就知道今天的晚餐会很惨。
我妈曾告诉我,在厨房煮饭很辛苦,所以不会有人在厨房里面带笑容。
只有两种人例外:一种是第一次煮饭;另一种则是因为脸被油烟熏得扭曲,以致看起来像是面带笑容。
我猜她们是前者。

她们三人弄了半天，弄出了一桌菜。

我看了看餐桌上摆的七道菜，很纳闷那些是什么东西。

我只知道，绿色的是菜，黄色的是鱼，红色的是肉，白色的是汤。

那，黑色的呢？

我们六个人围成一桌吃饭。

"这道汤真是难……"子尧兄刚开口，柏森马上抢着说：

"真是难以形容的美味啊！"

秀枝学姐瞪了柏森一眼："让他说完嘛，我就不信他敢嫌汤不好喝。"

明菁拿起汤匙，喝了一口，微蹙着眉：

"孙樱，你放盐了吗？"

"依稀，仿佛，好像，曾经，放过。"孙樱沉思了一下。

我把汤匙偷偷藏起，今晚决定不喝汤了。

"过儿，你怎么只吃一道菜呢？"坐我旁边的明菁，转头问我。

"这小子跟王安石一样，吃饭只吃面前的那道菜。"柏森回答。

"这样不行的。"明菁用一道黄色的菜换走我面前那道绿色的菜。

"过儿，吃吃看。"明菁笑了笑，"这是我煮的哟！"

这道黄色的菜煮得糊糊的，好像不是用瓦斯煮的，而是用盐酸泡过的。

我吃了一口，味道好奇怪，分不出来是什么食物。

"嗯……这道鱼烧得不错。"黄色的，是鱼吧。

"啊?"明菁很惊讶,"那是鸡肉呀!"

"真的吗?你竟然能把平凡的鸡肉煮成带有鲜鱼香味的佳肴,"我点点头表示赞许,"不简单,你有天分。你一定是天生的厨师。"我瞥了瞥明菁怀疑的眼神,拍拍她的肩膀,"相信我,我被这道菜感动了。"

"过儿,你骗人。"

"我说真的,不然你问柏森。"我用眼神向柏森求援。

柏森也吃了一口:"菜虫说得没错,这应该是只吃过鱼的鸡。"

看着明菁失望的眼神,我很不忍心,于是低头猛吃那道黄色的鱼。

说错了,是黄色的鸡才对。

"过儿,别吃了。"

"这么好吃的鸡,怎么可以不吃呢?"

"真的吗?"

"如果我说是骗你的,你会打我吗?"

我和明菁应该是同时想到营火晚会那时的对话,于是相视而笑。

"真的好吃吗?"明菁似乎很不放心,又问了一次。

"嗯。菜跟人一样,重点是好吃,而不是外表。"

我把这道菜吃完,明菁舀了一碗汤,再到厨房加点盐巴,端到我面前。

吃完饭后,我和明菁到顶楼阳台聊天。

"过儿,你肚子没问题吧?"

"我号称铜肠铁胃,没事的。"

"过儿,对不起。我下次会改进的。"

"你是第一次下厨,当然不可能完美。更何况确实是蛮好吃的啊。"

"嗯。"

我看明菁有点闷闷不乐,于是跟她谈起小时候的事。

我妈睡觉前总会在锅子里面放一点晚餐剩的残汤,然后摆在瓦斯炉上。

锅盖并不完全盖住锅子,留一些空隙,让蟑螂可以爬进锅。

隔天早上,进厨房第一件事便是盖上锅盖,扭开瓦斯开关。

于是就会听到一阵噼啪响,然后传来浓浓的香气,接着我就闻香起舞。

我妈说留的汤不能太多也不能太少,太少的话蟑螂会粘锅;太多的话就不会有噼啪的声响,也不会有香气。

"这就叫'过犹不及'。知道吗?孩子。"我妈的神情很认真。

另外,她也说这招烤蟑螂的绝技,叫作"请君入瓮"。

我妈都是这样教我成语的,跟孟子和欧阳修的母亲有得拼。

"烤蟑螂的味道真的很香哟。"

"呵呵……"明菁一直笑得合不拢嘴。

"所以炒东西前,可以先放几只蟑螂来'爆香'哟。"

"过儿,别逗我了。"明菁有点笑岔了气。

"天气有点凉,我们下去吧。"

"嗯。"

"不可以再胡思乱想了,知道吗?"

"嗯。"

后来她们又煮过几次，愈来愈成功。

因为菜里黑色的地方愈来愈少。

孙樱不再忘了加盐，秀枝学姐剁排骨时也知道可以改用菜刀，而非将排骨往墙上猛砸。

我也已经可以分清楚明菁煮的东西，是鱼还是鸡。

日子像偷跑出去玩的小孩，总是无声地溜走。

明菁身上穿的衣服愈来愈少，露出的皮肤愈来愈多时，我知道夏天到了。

大三下学期快结束时，秀枝学姐考上成大中文研究所。

秀枝学姐大宴三日，请我们唱歌吃饭看电影。

令我惊讶的是，子尧兄竟然还送了个礼物给秀枝学姐。

那是一个白色的方形陶盆，约有洗脸盆般大小，里面堆砌着许多石头。

陶盆上写着："无缘大慈，同体大悲。乃大爱也。"子尧兄的字迹。

左侧摆放一块椭圆形乳白色石头，光滑晶亮。子尧兄写上：

"明镜台内见真我。"

右侧矗立三块黑色尖石，一大两小，排列成山的形状。上面写着：

"紫竹林外山水秀。"

陶盆内侧插上八根细长柱状的石头，颜色深绿，点缀着一些紫色。

那自然是代表紫竹林了。

最特别的是，在紫竹林内竟有一块神似观世音菩萨手持杨枝的石头。

我记得子尧兄将这个陶盆小心翼翼地捧给秀枝学姐时,神情很腼腆。

秀枝学姐很高兴,直呼:"这是一件很美的艺术品呀!"
我曾问过子尧兄:"这件东西有没有什么特殊的含义?"
"佛曰不可说,不可说啊。"子尧兄是这样回答我的。
几年后,子尧兄离开台南时,我才解出谜底。

升上大四后,我开始认真准备研究所考试,念书的时间变多了。
明菁和孙樱也是。
只不过明菁她们习惯去图书馆念书,我和柏森则习惯待在家里。
子尧兄也想考研究所,于是很少出门,背包内非本科的书籍少多了。
不过每隔一段时间,我们六个人会一起吃顿晚饭。
碰到任何一个人生日时,也会去唱歌。

对于研究所考试,坦白地说,我并没有太大把握。
而且我总觉得我的考运不好。
高中联考时差点睡过头,坐出租车到考场时,车子还抛锚。
大学联考时跑错教室,连座位的椅子都是坏的,害得我屁股及地了。
不能说落地,要说及地。这是老师们千叮万嘱的。
大一下学期物理期末考时,闹钟没电,就把考试时间睡过去了。

物理老师看我一副可怜样，让我补考两次，交三份报告，还要我在物理系馆前大喊十遍："我对不起伽利略、牛顿和法拉第。"

最后给我六十分，刚好及格的分数。

每当我想到过去这些不愉快的经验，总会让我在念书时笼罩上一层阴影。

"去他的圈圈叉叉鸟儿飞！都给你爸飞去阿里山烤鸟仔吧！"

有次实在是太烦闷了，不禁脱口骂脏话。

"过儿！"明菁从我背后叫了一声，我吓一跳。

我念书时需要大量新鲜的空气，因此房门是不会关的。

"你……你竟然讲脏话！"

"你很讶异吗？"

"过儿！正经点。无论如何都不可以讲脏话的。"

"你这样我会很生气的。"

"你怎么可以讲脏话呢？"

"讲脏话是不对的，你不知道吗？"

"你……你实在是该骂。我很想骂你，真的很想骂你。"

明菁愈说愈激动，呼吸也急促了起来。

"姑姑，你别生气。你已经在骂了，而我也知道错了。"

"你真的知道错了？"

"嗯。"

"讲脏话很难听的，人家会看不起你。知道吗？"

"嗯。"

"下次不可以再犯了哟。"

"嗯。"

"一定要改。"

"嗯。"

"钩钩手指?"

"好。"

"过儿,你心情不好吗?"

"没什么,只是……"

我把过去考试时发生的事告诉她,顺便埋怨了一下考运。

"傻瓜。不管你觉得考运多差,现在你还不是顺利地在大学里念书?"明菁敲了一下我的头,微笑着说,"换个角度想,你每次都能化险为夷,反而是天大的好运呀。"

明菁伸出右手,顺着大开的房门,指向明亮的客厅:

"人应该朝着未来的光亮迈进,不要总是背负过去的阴霾。"

明菁找不到坐的地方,只好坐在我的床角,接着说:

"男子汉大丈夫应当顶天立地,怎么可以把自己的粗心怪罪到运气呢?

"凡事只问自己是否已尽全力,不该要求老天额外施援手,这样才对。

"而且愈觉得自己运气不好时,运气会更不好。这是一种催眠作用哟。

"明白吗?"

"姑姑,你讲得好有道理,我被你感动了。不介意我流个眼泪吧?"

"过儿!我说真的。不可以跟我抬杠。"

"哦。"

"过儿。别担心,你会考上的。你既用功又聪明,考试难不倒你的。"
明菁的语气突然变得异常温柔。
"真的吗?"
"我什么时候骗过你?我是真的觉得你非常聪明又很优秀呀。"
"是吗?我觉得我很普通啊。"
"傻瓜。我以蛟龙视之,你却自比浅物。"
"啊?"

"过儿,听我说。"明菁把身子坐直,凝视着我,"虽然我并不是很会看人,但在我眼里,你是个很有很有能力的人。"
"很有"她特别强调两次。
"我确定的事情并不多,但对你这个人的感觉,我非常确定。"明菁的语气放缓,微微一笑,"过儿,我一直是这么相信你。你千万不要怀疑哟。"
明菁的眼神射出光亮,直接穿透我心中的阴影。

"姑姑,你今天特别健谈呀。"
"傻瓜。我是关心你呀。"
"嗯。谢谢你。"
"过儿。以后心烦时,我们一起到顶楼聊聊天,就会没事的。"
"嗯。"
"我们一起加油,然后一起考上研究所,好吗?"
"好。"

后来我们常常会到顶楼阳台,未必是因为我心烦,只是一种习惯。

习惯从明菁那里得到心灵的供养。

明菁总是不断地鼓励我,灌溉我,毫不吝惜。

我的翅膀似乎愈来愈强壮,可以高飞,而明菁将会是我翼下之风。

我渐渐相信,我是一个聪明优秀而且有才能的人。

甚至觉得这是一个"太阳从东边出来"的事实。

如果面对人生道路上的荆棘需要自信这把利剑,那这把剑,就是明菁给我的。

为了彻底纠正我讲脏话的坏习惯,明菁让柏森和子尧兄做间谍。

这招非常狠,因为我在他们面前,根本不会收敛。

刚开始知道我又讲脏话时,她会温言劝诫,过了几次,她便换了方法。

"过儿,跟我到顶楼阳台。"

到了阳台后,她就说:"你讲脏话,所以我不跟你讲话。"

无论我怎么引她说话,她来来去去就是这一句。

很像琼瑶小说《我是一片云》里,最后终于精神失常的女主角。

因为那位女主角不管问她什么,她都只会回答:"我是一片云。"

如果明菁心情不好,连话都会懒得出口,只是用手指敲我的头。

于是我改掉了说脏话的习惯。

不是因为害怕明菁手指敲头的疼痛,而是不忍心看她那时的眼神。

研究所考试的季节终于来到,那大约是4月中至5月初之间的事。

通常每所学校考试的时间会不一样,所以考生们得南北奔走。

考完成大后,接下来是台大。

子尧兄和孙樱没有报考台大,而柏森的家在台北,前几天已顺便回家。

所以我和明菁相约,一起坐火车到台北考试。

我们在考试前一天下午,坐一点半的自强号上台北。

我先去胜九舍载明菁,然后把摩托车停在成大校区的停车场,再一起走路到火车站。

上了车,刚坐定,明菁突然惊呼:

"惨了!我忘了带准考证!"

"啊?是不是放在我摩托车的坐垫下面?"

明菁点点头,眼里噙着泪水:"我怎么会那么粗心呢?"

我无暇多想,也顾不得火车已经起动,告诉明菁:

"我搭下班自强号。你在台北火车站里等我。"

"过儿!不可以……"明菁很紧张。

明菁话还没说完,我已离开座位。

冲到车厢门,默念了一声菩萨保佑,毫不犹豫地跳下火车。

只看到一条铁灰色的剑,迎面砍来,我反射似的向左闪身。

那是月台上的钢柱。

可惜剑势来得太快，我闪避不及，右肩被削中，我应声倒地。

月台上同时响起惊叫声和口哨声，月台管理员也冲过来。

我脑中空白十秒钟左右，然后挣扎着起身，试了三次才成功。

他看我没啥大碍，嘴里念念有词，大意是年轻人不懂爱惜生命之类的话。

"大哥，我赶时间，待会再听你教训。"

我匆忙出了车站，从摩托车内拿了明菁的准考证，又跑回到车站。

还得再买一次车票，真是他×……算了，不能讲脏话。

我搭两点十三分的自强号，上了车，坐了下来，呼出一口长气。

右肩却开始觉得酸麻。

明菁在台北火车站等了我半个多小时，我远远看到她在月台出口处张望。

她的视线一接触到我，眼泪便扑簌簌地掉了下来。

"没事。"我把准考证拿给她，拍拍她的肩膀。

"饿了吗？先去吃晚饭吧。"我问。

明菁一句话也没说，只是频频拭泪。

过了许久，她才说："大不了不考台大而已。你怎么可以跳车呢？"

隔天考试时，右肩感到抽痛，写考卷时有些力不从心。

考试要考两天，第二天我的右肩抽痛得厉害，写字时右手会发抖。

只好用左手紧抓着右肩写考卷。

监考委员大概是觉得我很可疑，常常晃到我座位旁边观察一番。

如果是以前，我会觉得我又坠入考运不好的梦魇中。

因为明菁，我反而觉得只伤到右肩，是种幸运。

回到台南后，先去看西医，照 X 光，骨头没断。
"骨头没断，反而更难医。唉……真是宁为玉碎，不为瓦全啊。"
这个医生很幽默，不简单，是个高手。
后来去看了中医，医生说伤了筋骨，又延误一些时日，有点严重。
之后用左手拿了几天的筷子，卤蛋都夹不起来。
考完台大一个礼拜后的某天中午，我买了个饭盒在房间里吃。
当我用左手跟饭盒内的鱼丸搏斗时，听到背后传来鼻子猛吸气的声音。
转过头，明菁站在我身后，流着眼泪。

"啊？你进来多久了？"
"有一阵子了。"
"你怎么哭了呢？"
"过儿，对不起。是我害你受伤的。"
"谁告诉你的？"
"李柏森。"
"没事啦，撞了一下而已。"我撩起袖子，指着缠绕右肩的绷带，"再换一次药就好了。"

"过儿，都是我不好。我太粗心了。"
"别胡说。是我自己不小心的。"我笑了笑，"杨过不是被斩断右臂吗？我这样才真正像杨过啊。"
"过儿，会痛吗？"

"不会痛。只是有点酸而已。"
"那你为什么用左手拿筷子呢？"
"嗯……如果我说我在学老顽童周伯通的'左右互搏'，你会相信吗？"

明菁没回答，只是怔怔地注视我的右肩。
"没事的，别担心。"
她敲了一下我的头："过儿，你实在很坏，为什么不告诉我？"
"你生气了吗？"
她摇摇头，左手轻轻抚摸我右肩上的绷带，然后放声痛哭。
"又怎么了？"
明菁低下头，哽咽地说：
"过儿，我舍不得，我舍不得……"

明菁最后趴在我左肩上哭泣，背部不断抽搐着。
"姑姑，别哭了。"我拍拍她的背。
"姑姑，让人家看到会以为我欺负你。"
"姑姑，休息一下。喝口水吧。"
明菁根本无法停止哭泣，我只好由她。
我不记得她哭了多久，只记得她不断重复舍不得。
我左边的衣袖湿了一大片，泪水是温热的。

这是我和明菁第一次超过朋友界线的接触，在认识明菁一年半后。
后来每当右肩酸痛时，我就会想起明菁抽搐时的背。
于是右肩便像是有一道电流经过，热热麻麻的。

我就会觉得好受一些。

不过这道电流,在认识荃之后,就断电了。

明菁知道我用左手吃饭后,喂我吃了一阵子的饭。

直到我右肩上的绷带拿掉为止。

"姑姑,这样好像很难看。"我张嘴吞下明菁用筷子夹起的一只虾。

"别胡说。快吃。"明菁又夹起一口饭,递到我嘴前。

"那不要在客厅吃,好不好?"

"你房间只有一张椅子,不方便。"

"可是被别人看到的话……"

"你右手不方便,所以我喂你,这很单纯。不要觉得不好意思。"

"嗯。"

发榜结果,我和子尧兄都只考上成大的研究所。

很抱歉,这里我用了"只"这个字。

没有嚣张的意思,单纯地为了区别同时考上成大和交大的柏森而已。

柏森选择成大,而明菁也上了成大中文研究所。

但是孙樱全部落败。

孙樱决定大学毕业后,去台南的报社工作。

毕业典礼那天,我在成功湖畔碰到正和家人拍照的孙樱。

孙樱拉我过去一起合照。拍完照片后,她说:

"明菁,很好。你也,不错。缘分,难求。要懂,珍惜。"

我终于知道孙樱所说的"珍惜"是什么意思。

当初她也是这样跟明菁说的吧。
孙樱说得对,像明菁这样的女孩子,我是应该好好珍惜。
我也一直试着努力珍惜。

如果不是后来出现了荃的话。

第七支烟

我像是咖啡豆,随时有粉身的准备
亲爱的你,请将我磨碎
我满溢的泪,会蒸馏出滚烫的水
再将我的思念溶解,化为少许糖味
盛装一杯咖啡
陪你度过,每个不眠的夜

台中到了，这是荃的家乡。

荃现在会在台中吗？

可能是心理作用吧，右肩又感到一阵抽痛。

因为我想到了荃。

我的右肩自从受伤后，一直没有完全康复。

只要写字久了，或者提太重的东西，都会隐隐作痛。

还有，如果想到了荃，就会觉得对不起明菁抽搐的背。

于是右肩也会跟着疼痛。

看到第七根烟上写的咖啡，我突然很想喝杯热咖啡。

可是现在是在火车上啊，到哪里找热咖啡呢？

而只要开水一冲就可饮用的三合一速溶咖啡，对我来说，跟普通的饮料并无差别。

我是在喝咖啡喝得最凶的时候，认识了荃。

大约是在研二下学期，赶毕业论文最忙碌的那阵子。

那时一进到研究室，第一件事便是磨咖啡豆、加水、煮咖啡。

每天起码得煮两杯咖啡，没有一天例外。

没有喝咖啡的日子，就像穿皮鞋没穿袜子，怪怪的。

这种喝咖啡的习惯，持续了三年。
直到去年7月来到台北工作时，才算完全戒掉。
因为我不敢保留任何可能会让我想起明菁或荃的习惯。

咖啡可以说戒就戒，可是用来搅拌咖啡的汤匙，我却一直留着。
因为那是荃送我的。
对我而言，那根汤匙代表的是"意义"，而不是喝咖啡的"习惯"。
就像明菁送我的那株槲寄生，也是意义重大。
明菁说得没错，离开寄主的槲寄生，枯掉的树枝会逐渐变成金黄色。
我想，那时刚到台北的我，大概就是一株枯掉的槲寄生吧。
对于已经枯掉的槲寄生而言，即使再找到新的寄主，也是没意义的。

从台北到台中，我已经坐了两个小时又四十五分钟的火车。
应该不能说是"坐"，因为我一直是站着或蹲着。
很累。
只是我不知道这种累，是因为坐车，还是因为回忆。
这种累让我联想到我当研究生的那段日子。

考上研究所后，过日子的习惯开始改变。
我、柏森、子尧兄和秀枝学姐仍然住在原处，孙樱和明菁则搬离胜九舍。
孙樱在工作地的附近，租了一间小套房。
明菁搬到胜六舍，那是研究生宿舍，没有门禁时间。

孙樱已经离开学生生活,跟我们之间的联系,变得非常少。

不过这少许的联系就像孙樱写的短篇小说一样,虽然简短,但是有力。

我会认识荃,是因为孙樱。

其实孙樱是个很好的女孩子,有时虽然严肃了点,却很正直。

我曾以为柏森和孙樱之间,会发生什么的。

"我和孙樱,像是严厉的母亲与顽皮的小孩,不适合啦。"柏森说。

"可是我觉得孙樱不错啊。"

"她是不错,可惜头不够圆。"

"你说什么?"

"我要找投缘的人啊,她不够头圆,自然不投缘。"柏森哈哈大笑。

我觉得很好奇,柏森从大学时代起,一直很受女孩子欢迎。

可是却从没交过女朋友。

柏森是那种非常清楚自己到底喜欢哪种女孩子的人。

如果他碰上喜欢的女孩子,一定会毫不迟疑。

只不过这个如果,一直没发生。

我就不一样了,因为我根本不知道我喜欢哪种女孩子。

就像吃东西一样,我总是无法形容我喜欢吃的菜的样子或口味等。

我只能等菜端上来,吃了一口,才知道对我而言是太淡还是太咸。

认识明菁前，柏森常会帮我介绍女孩子，而且都是铁板之类的女孩。

其实他也不是刻意介绍，只是有机会时就顺便拉我过去。

"柏森，饶了我吧。这些女孩子我惹不起。"

"看看嘛，搞不好你会喜欢呢。"

"喜欢也没用。老虎咬不到的，狗也咬不到啊。"

"你在说什么？"

"你是老虎啊，你都没办法搞定了，找我更是没用。"

"菜虫！你怎么可以把自己比喻成狗呢？"柏森先斥责我一声，然后哈哈大笑，"不过你这个比喻还算贴切。"

认识明菁后，柏森就不再帮我介绍女孩子了。

"你既然已经找到凤凰，就不用再去猎山鸡了。"柏森是这样说的。

"是吗？"

"嗯。她是一个无论你在什么时候认识她，都会嫌晚的那种女孩子。"

会嫌晚吗？我不知道。
我只知道对那时的我而言，明菁的存在，是重要的。
没有明菁的话，我会很寂寞，还是会很不习惯。
我不敢想象，也没有机会去想象。

如果，我先认识荃，再认识明菁的话，我也会对荃有这种感觉吗？

也许是不一样的。

但人生不像在研究所时做的实验,可以反复改变实验条件,然后得出不同的实验结果。

我只有一次人生,无论我满不满意,顺序就是这样的,无法更改。

我和柏森找了同一个指导教授,因为柏森说我们要患难与共。
研究所的念书方式和大学时不太一样,通常要采取主动。
除了所修的学分外,大部分时间得准备各自的论文。
因为论文方向不同,所以我和柏森选修的课程也不相同。
不过课业都是同样的繁重,我们常在吃夜宵的时候互吐苦水。

明菁好像也不轻松,总是听她抱怨书都念不完。
虽然她还是常常来我们这里,不过看电视的时间变少了。
不变的是,我和明菁还是会到顶楼阳台聊天。
而明菁爬墙的身手,依旧矫健。
明菁是那种即使在抱怨时,也会面带笑容的人。
跟柏森聊天时,压力会随着倾诉的过程而暂时化解。
可是跟明菁聊天时,便会觉得压力这东西根本不存在。

"你和林明菁之间,到底是什么关系呢?"柏森常问我。
"应该是……是好朋友吧?"
"你确定你没有昧着良心说话?"
"我……"
"你喜欢她吗?"
"应该算喜欢,可是……"

"菜虫，你总是这么犹豫不决。"柏森叹了一口气，"你究竟在害怕什么呢？"

害怕？也许真是害怕没错。
起码在找到更适合的形容词之前，用害怕这个字眼，是可以接受的。
我究竟害怕什么呢？
对我而言，明菁是太阳，隔着一定的距离，是温暖的。
但太接近，我便怕被灼伤。

我很想仔细地思考一下这个问题，并尽可能地找出解决之道。
不过技师考快到了，我得闭关两个月，准备考试。
考完技师考后，又为了闭关期间延迟的论文进度头痛，所以也没多想。
明菁在这段时间，总会叮咛我要照顾身体，不可以太累。
"过儿，加油。"明菁的鼓励，一直不曾间断。

技师考的结果，在三个半月后发榜。
我和柏森都没考上，子尧兄没考，所以不存在落不落榜的问题。
令我气馁的是，我只差一分。
当我和柏森互相交换成绩单看时，发现我的语文成绩差他十八分。
我甚至比所有考生的语文平均成绩低了十分。
而语文科，只考作文。
我又坠入初二时看到作文簿在空中失速坠落的梦魇中。

收到成绩单那天,我没吃晚饭,拿个篮球跑到另一个校区的篮球场。

如果考试能像投篮一样就好了。我那天投篮特别准,几乎百发百中。

投了一会篮,觉得有点累了,就蹲在篮球架下发呆。

不禁回想起以前写作文的样子,包括那段当六脚猴子的岁月。

可是我的作文成绩,虽然一直都不好,但也不至于太差啊。

怎么这次的作文成绩这么差呢?

难道我又用了什么不该用的形容词吗?

我继续发呆,什么也不想。发呆了多久,我不清楚。

眼前的人影愈来愈少,玩篮球的笑闹声愈来愈小,最后整个篮球场只剩下我一个人。

耳际仿佛听到一阵脚踏车的紧急刹车声,然后有个绿色身影向我走来。

她走到我身旁,也蹲了下来。

"穿裙子蹲着很难看,你知道吗?"过了许久,我开了口。

好像觉得已经好多年没说话,喉咙有点干涩。我轻咳一声。

"你终于肯说话啦。"

"你别蹲了,真的很难看。"

"会吗?我觉得很酷呀。"

"你如果再把腿张开,会更酷。"

"过儿!"

"你也来打篮球吗?"我站起身,拍了拍腿。

"你说呢?"明菁也站起身。

"我猜不是。那你来做什么?"

"对一个在深夜骑两小时脚踏车四处找你的女孩子……"明菁顺了顺裙摆,板起脸,"你都是这么说话的吗?"

"啊?对不起。你一定累坏了。"我指着篮球场外的椅子,"我们坐一会吧。"

"找我有事吗?"等明菁坐下后,我开口问。

"当然是担心你呀。难道找你借钱吗?"

"担心?我有什么好担心的。"

"不吃晚饭就一个人跑出来四个多钟头,让人不担心也难。"

"我出来这么久了吗?"

"嗯。"

"对不起。"

"你说过了。"

"真对不起。"

"那还不是一样。"

"实在非常对不起。"

"不够诚意。"

"宇宙超级霹雳无敌对不起。"

"够了。傻瓜。"明菁终于笑了起来。

我们并肩坐着,晚风拂过,很清爽。

"心情好点了吗?"

"算是吧。"

"为什么不吃饭,又一声不响地跑出来?"

"你不知道吗?"

"我只知道你落榜……"明菁突然警觉似的"啊"了一声,"对不起。"

"没关系。"

"明年再考,不就得了。"

"明年还是会考作文。"

"作文?作文有什么好担心的?"

"你们中文系的人当然不担心,但我是粗鄙无文的工学院学生啊。"

"谁说你粗鄙无文了?"

"没人说过。只是我忽然这么觉得而已。"

"过儿,"明菁转身,坐近我一些,低声问,"怎么了?"

我不知道如何形容,索性告诉明菁我初中时发生的事。

明菁边听边笑。

"好笑吗?"

"嗯。"

"你一定也觉得我很奇怪。"

"不。我觉得你的形容非常有趣。"

"有趣?"

"你这样叫特别,不叫奇怪。"

"真的吗?"

明菁点点头。

"谁说形容光阴有去无回,不能用'肉包子打狗'呢?"

"那为什么老师说不行呢?"

"很多人对于写作这件事,总是套上太多枷锁,手脚难免施展不开。"明菁叹了一口气,"可是如果对文字缺乏想象力,那该怎么创作呢?"

"想象力?"

"嗯。形容的方式哪有所谓的对与错?只有贴不贴切、能不能引起共鸣而已。文章只要求文法,并没有一加一等于二的定理呀。"

明菁站起身,拿起篮球,跑进篮球场。

"创作应该像草原上的野马一样,想怎么跑就怎么跑,跳也行。"

明菁站在罚球线,出手投篮,空心入网。

"可是很多人却觉得文字应该要像赛马场里的马一样,绕着跑道奔驰,并按照比赛规定的圈数,全力冲刺,争取锦标。"

明菁抱着篮球,向我招招手。我也走进篮球场。

"文学是一种创作,也是一种艺术,不应该给它太多的束缚与规则。你听过有人规定绘画时该用什么色彩吗?"

"我真的……不奇怪吗?"

"你是只长了角的山羊,混在我们这群没有角的绵羊中,当然特别。"明菁拍了几下球,"但不用为了看起来跟我们一样,就把角隐藏着。"

"嗯。"

"过儿,每个人都有与他人不同之处。你应该尊重只属于自己的特色,不该害怕与别人不同。更何况即使你把角拔掉,也还是山羊呀。"

"谢谢你。"

明菁运球的动作突然停止:"干吗道谢呢?"
"真的,谢谢你。"我加重了语气。
明菁笑一笑。
然后运起球,跑步,上篮。
球没进。

"你多跑了半步,投篮的劲道也不对。还有……"
"还有什么?"
"你穿裙子,运球上篮时裙子会飞扬,腿部曲线毕露,对篮筐是种侮辱,所以球不会进。"
明菁很紧张地压了压裙子:"你怎么不早说!"
"你虽然侮辱篮筐,却鼓励了我的眼睛。这是你的苦心,我不该拒绝。"我点点头,"姑姑,你实在很伟大。我被你感动了。"
"过儿!"

明菁,谢谢你。
你永远不知道,你在篮球场上跟我说的话,会让我不再害怕与人不同。
每当听到别人说我很奇怪的时候,我总会想起你说的这段话。
顺便想起你的腿部曲线。
虽然当我到社会上工作时,因为头上长着尖锐的角,以致处世不够圆滑,让我常常得罪人。
但我是山羊,本来就该有角的。

我陪明菁玩了一会篮球,又回到篮球场外的椅子上坐着。

跟大学时的聊天方式不同,明菁已没有门禁时间,所以不用频频看表。

"这阵子在忙些什么呢?"

"我在写小说。"

"写小说对你而言,一定很简单。"

"不。什么人都会写小说,就是中文系的学生不会写小说。"

"为什么?"

"正因为我们知道该如何写小说,所以反而不会写小说。"

"啊?"

明菁笑了笑,把我手中的篮球抱去。

"就像这颗篮球一样。我们打篮球时,不会用脚去踢,还要记得不可以两次运球,带球上篮时不能走步。但这些东西都不是打篮球的本质,而只是篮球比赛的规则。"

明菁把篮球还给我,接着说:

"过儿,如果你只是一个五岁的小孩子,你会怎么玩篮球?"

"就随便玩啊。"

"没错。你甚至有可能会用脚去踢它。但谁说篮球不能用来踢的呢?规则是人定的,那是为了比赛,并不是为了篮球呀。如果打篮球的目的,只是为了好玩,而非为了比赛,那又何必要有规则呢?"

明菁将篮球放在地上,举脚一踢,球慢慢滚进篮球场内。

"创作就像赤足在田野间奔跑的小孩子一样,跑步只是他表达快乐的方式，而不是目的。为什么我们非得叫他穿上球鞋，跪蹲在起跑线上等待枪响，然后朝着终点线狂奔呢？当跑步变成比赛，我们才会讲究速度和爆发力，讲究跑步的姿势和技巧，以便在赛跑中得到好成绩。但如果跑步只是表达快乐的肢体语言，又有什么是该讲究的呢？"

"姑姑，你喝醉了吗？"
"哪有。"
"那怎么会突然对牛弹琴呢？"
"别胡说，你又不是牛。我只是写小说写到心烦而已。"
"嗯。"
"本来想去找你聊天，听李柏森说你离家出走，我才到处找你的。"
"你听他胡扯。我又不是离家出走。"
"那你好多了吧？"
"嗯。谢谢你。"

几年后，我在网络这片宽阔的草原中跑步，或者说是写小说。

常会听到有人劝我穿上球鞋、系好鞋带，然后在跑道内奔跑的声音。

有人甚至说我根本不会跑步，速度太慢，没有跑步的资格。

明菁的话就会适时在脑海中响起："跑步只是表达快乐的肢体语言，不是比赛哟。"

"很晚了，该回去了。"我看了表，快凌晨两点了。
"嗯。你肚子饿了吧？我去你那里煮碗面给你吃。"

"我才刚落榜,你还忍心煮面给我吃吗?"

"你说什么!"明菁敲了一下我的头。

"刚落榜的心情是沉痛的,可是吃你煮的面是件非常让人兴奋的事。我怕我的心脏无法负荷这种情绪转折。"

我摸了摸被敲痛的头。

"过儿,你转得很快。不简单,你是高手。"

"你可以再大声一点。"

"过——儿——!你——是——高——手——!"明菁高声喊叫。

"喂!现在很晚了,别发神经。"

"呵呵……走吧。"

"小说写完要给我看哟。"

"没问题。你一定是第一个读者。"

我和明菁回去时,柏森、子尧兄和秀枝学姐竟然还没睡,都在客厅。

"菜虫啊,人生自古谁无落,留取丹心再去考。"

子尧兄一看到我,立刻开了口。

"不会说话就别开口。"秀枝学姐骂了一声,然后轻声问我,"菜虫,吃饭没?"

我摇摇头。

"冰箱里还有一些菜,我再去买些肉,我们煮火锅来吃吧。"柏森提议。

"很好。明菁,你今晚别回宿舍了,跟我挤吧。"秀枝学姐说。

"我终于想到了!"我夹起一片生肉,准备放入锅里煮时,突然大叫。

"想到什么?"明菁问我。

"我考语文时,写了一句:'台湾的政治人物,应该要学习火锅的肉片。'"

"那是什么意思?"明菁又问。

"火锅的肉片不能在汤里煮太久啊,煮太久的话,肉质会变硬。"

"恕小弟孤陋寡闻,那又是什么意思呢?"轮到柏森发问。

"就是火锅的肉片不能在汤里煮太久的意思。"

"恕小妹资质驽钝,到底是什么意思?"秀枝学姐竟然也问。

"火锅的肉片在汤里煮太久就会不好吃的意思。"

秀枝学姐手中的筷子,掉了下来。

全桌鸦雀无声。

过了一会,子尧兄才说:"菜虫,你真是奇怪的人。"

"过儿才不是奇怪的人,他这叫特别。"明菁开口反驳。

"特别奇怪吗?"柏森说。

"只有特别,没有奇怪。过儿,你不简单,你是高手。"

"你可以再大声一点。"

"过——儿——!你——是——高——手——!"明菁提高音量,又说。

我和明菁旁若无人地笑了起来。

"林明菁同学,恭喜你。你认识菜虫这么久,终于疯了。"

柏森举起杯子。

"没错。是该恭喜。"子尧兄也举起杯子。

"学姐。"明菁转头向秀枝学姐求援。

"谁敢说我学妹疯了?"秀枝学姐放下筷子,握了握拳头。

"哈哈……哈哈……哈哈哈……肉不要煮太久,趁软吃,趁软吃。"

柏森干笑了几声。

一个月后,明菁的小说终于写完了,约三万字。

篇名很简单,就叫《思念》。

"不是说写完后要让我当第一个读者?"

"哎呀,写得不好啦,修一修后再给你看。"

不过明菁一直没把《思念》拿给我。

我如果想到这件事时,就会提醒她,她总会找理由拖延。

有次她在客厅看小说,我走过去,伸出右手:"可以让我看吗?"

"你也喜欢村上春树的小说吗?"

"我不是指这本,我是说你写的《思念》。"

"村上春树的小说真的很好看哟。"

"我要看《思念》。"

"这样好了。我有几本村上春树的小说,你先拿去看。"

明菁从背包中拿出两本书,连手上那本,一起塞在我手里。

"你全部看完后,我再拿我的小说给你看……"

话没说完,明菁马上背起背包,溜掉了。

我整夜没睡,看完了那三本小说。不知不觉,天就亮了。

躺在床上,怎么也睡不着,脑子里好像有很多文字跑来跑去。

那些文字是我非常熟悉的中文字,可是却又觉得陌生。

因为念研究所以来,接触的文字大部分是英文,还有一堆数学符号。

我离开床,坐在书桌前,随便拿几张纸,试着把脑中的文字写下来。

于是我写了:

　　我,目前单身,有一辆二手摩托车、三条狗、四个月没缴的房租,坐在像橄榄球形状的书桌前。台灯从左上方直射金黄的强光,我感觉像是正被熬夜审问的变态杀人魔。书桌上有三支笔,两支被狗啃过,另一支则会断水。还有两封信,一封是前妻寄来的,要求我下个月多寄一万元赡养费,因为她奔驰车的前轮破了。"我好可怜。"她说。另一封是玖仁杏出版社编辑寄来的,上面写着若我再不交稿,他就会让我死得像从十楼摔下来的布丁。我左手托腮,右手搔着三天没洗澡而发痒的背,正思考着如何说一个故事。我是那种无论如何不把故事说完便无法入睡的奇怪的人。

　　要说这个故事其实很难启齿,即使下定决心打开牙齿,舌头仍然会做最后的抵抗。等到牙齿和舌头都已经沦陷,口腔中的声带还是会不情愿地缓缓振动着。像是电池快要没电的电动剃须刀,发出死亡前的悲鸣,并企图与下巴的胡楂同归于尽,但却只能造成下巴的炙热感。

　　这还只是开始说故事前的挣扎哟。

不过当我开始准备说这个故事时，我的意思是指现在，我便不再挣扎了。或许我应该这么讲：不是我不再挣扎，而是我终于了解挣扎也没用，于是放弃挣扎。然而即使我放弃挣扎，内心的某部分，很深很深的地方，是像大海一样深的地方哟，仍然会有一些近似怒吼的声音，像一个星期没吃饭的狮子所发出的吼叫声。

好了，我该说故事了。

可是经过刚刚内心的挣扎，我渴了，是那种即使感冒的狗喝过的水我也会想喝的那种渴。所以我想先喝杯水，或者说，一瓶啤酒，瓶装或罐装的都行。我只考虑四又三分之一秒的时间，决定喝啤酒，因为我需要酒精来减少说故事时的疼痛。我打开冰箱，里面有一颗甘蓝、两杯还剩一半的泡沫红茶、几个不知道是否过期的罐头，但就是没有啤酒。

下楼买吧。可是我身上没钱了。现在是凌晨两点四十六分，自从十三天前有个妇女深夜在巷口的提款机取钱时被杀害后，我就不敢在半夜取钱了。最近老看到黑猫，心里觉得毛毛的，我可不想成为明天报纸的标题——"过气的小说家可悲地死于凶恶的歹徒的残酷的右手里的美工刀下，那把刀还是生锈的"。应该说故事，于是想喝酒，但没钱又不敢去取钱。我不禁低下了头，双手蒙住脸，陷入一股深沉的深沉的悲哀之中。

悲哀的是，我甚至还没开始说故事啊。

写了大约九百字，眼皮觉得重，就趴在桌上睡了。

后来明菁看到这篇东西，说我这叫"三纸无驴"。

意思是说从前有个秀才，写信托人去买驴，写了三张纸，里面竟然没有"驴"这个字。

"姑姑，我学村上春树学得像吗？"

"这哪是村上春树？你这叫耍白烂。"

明菁虽然这么说，还是忍不住笑了起来。

"等你认真写篇小说，我的《思念》才让你看。"

升上研二后，我和柏森大部分时间都待在系里的研究室。

有时候还会在研究室的躺椅上过夜。

因为赶论文，技师考也没去考，反正改作文的老师不会喜欢我的文章。

我是山羊，没必要写篇只为了拿到好成绩的文章。

我和柏森开始煮咖啡，以便熬夜念书。习惯喝咖啡提神后，便上了瘾。

研二那段时间大约是 1996 年中至 1997 年中。

这时大学生上网的风气已经很兴盛，我和柏森偶尔会玩 BBS（网络论坛）。

为了疏解念书的苦闷，我有时也会在网络上写写文章。

明菁如果来研究室找我，就会顺便看看我写的东西。

系里有四间研究室，每间用木板隔了十个位置，我和柏森在同一间。

如果心烦或累了,我们就会走到研究室外面的阳台聊天。

这么多年来,我一直有和柏森聊天的习惯。

聊天的地点和理由也许会变,但聊天的本质是不变的。

我们常提起明菁,柏森总是叫我要积极主动,我始终却步。

有次在准备"河床演变学"考试时,柏森突然问了我一个问题:

"如果爱情像沿着河流捡石头,而且规定只能弯腰捡一次,你会如何?"

"那要看是往河的上游走还是下游走啊,因为上游的石头比较大。"

我想了一下,回答柏森。

"问题是,你永远不知道你是往上游走,还是往下游走。"

"这样就很难决定了。"

"菜虫,你就是这种人。所以你手上不会有半颗石头。"

"为什么?"

"因为你总是觉得后面的石头会比较大,自然不会浪费唯一的机会。可是当你发觉后面的石头愈来愈小时,你却又不甘心。最后……"

柏森顿了顿,接着说:

"最后你根本不肯弯腰去捡石头。"

"那你呢?"

"我只要喜欢,就会立刻捡起。万一后面有更大的石头,我会换掉。"

"可是规定只能捡一次啊。"

"菜虫，这便是我和你最大的不同处。"柏森看看我，语重心长地说，"你总是被许多规则束缚。可是在爱情的世界里，根本没有规则啊。"

"啊？"

"不要被只能捡一次石头的规则束缚，这样反而会失去捡石头的机会。"柏森拍拍我肩膀，"菜虫。不要吝惜弯腰，去捡石头吧。"

当我终于决定弯腰，准备捡起明菁这块石头时。

荃的石头，却突然出现在我眼前。

那是在1997年春天刚来到的时候，孙樱约我吃午饭。

原来孙樱也看到了我那篇模仿村上春树的白烂文章，是明菁拿给她的。

孙樱说她有个朋友，想邀我写些稿。

"孙樱，你在报社待久了，幽默感进步了哟。"我认为孙樱在开玩笑。

"菜虫，我说，真的。"

"别玩了，我根本不行啊。况且……"

"出来，吃饭。不要，啰唆。"

孙樱打断我的话，我只好答应了。

我们约在我跟明菁一天之中连续去吃两次的那家餐馆，很巧。

约的时间是十二点四十分，在餐馆二楼。

可是当我匆忙赶到时，已经快一点了。

我还记得我前一晚才刚熬夜赶了一份报告，所以眼前有点模糊。

爬楼梯时差点摔一跤。

顺着螺旋状楼梯,我上了二楼。
我一面喘气,一面搜寻。
我见到了孙樱的背影,在楼梯口数过去第三桌的位置。
孙樱的对面坐了个女孩,低着头。

她静静地切割着牛排,听不见刀子的起落与瓷盘的呻吟。
我带着一身的疲惫,在离她两步的距离,停下脚步。
她的视线离开午餐,往右上角抬高三十度。
我站直身子,接触她的视线,互相交换着"你来了我到了"的讯息。
然后我愣住了,虽然只有两秒钟。
我好像见过她。

"你终于出现了。"
"是的。我终于看到你了。"
"啊?"我们同时因为惊讶而轻轻"啊"了一声。
虽然我迟到,但并不超过二十分钟,应该不必用"终于"这种字眼。
但我们都用了"终于"。

后来,我常问荃,为什么她要用"终于"这种字眼?
"我不知道。那是直接的反应,就像我害怕时会哭泣一样。"
荃是这么回答的。
所以我一直不知道原因。

我只知道,我终于看到了荃。
在认识明菁三年又三个月后。

"还不,坐下。"孙樱出了声。
我有点大梦初醒的感觉,坐了下来。荃在我右前方。
"你好。"荃放下刀叉,双手放在腿上,朝我点个头。
"你好。"我也点了头。
"这是我的名片。"她从皮包里取出一张名片,递给我。
"很好听的名字。"
"谢谢。"
荃姓方,方荃确实好听。

"我的名字很普通。我姓蔡,叫崇仁。崇高的崇,仁爱的仁。"
我没名片,每次跟初见面的人介绍自己时,总得说这番话。
"名字只是称呼而已。玫瑰花即使换了一个名字,还是一样芬芳。"
我吓了一跳,这是《罗密欧与朱丽叶》中的对白啊。
"你只要叫我'爱',我就有新名字。我永远不必再叫罗密欧。"
我想起大一在话剧社扮演罗密欧时的对白,不禁脱口而出。

荃似乎也吓了一跳。
"你演罗密欧?"荃问。
我点点头。
"你演朱丽叶?"我问。
荃也点点头。
"我们是第一次见面吗?"荃问。

"好像是吧。"我不太确定。

孙樱把菜单拿给我,暗示我点个餐。
我竟然只点咖啡,因为我以为我已经吃饱了。
"你吃过了?"荃问我。
"我……我吃过了。"我这才想起还没吃饭,不过我不好意思再更改。
"不用替我省钱的。"荃看了看我,好像知道我还没吃饭。
我尴尬地笑着。

"近来,如何?"孙樱问我。
"托你,的福。"
"不要,学我,说话。"
"已是,反射,习惯。"
"还学!"
"抱歉。"
孙樱拍一下我的头。荃偷偷地微笑着。
孙樱还是老样子,真不知道她这种说话方式该如何去采访?

"你也在话剧社待过?"荃问我。
"算待过吧。"我总不能告诉荃,我被赶出话剧社,"你呢?"
"我是话剧社社长。"
"啊?怎么差那么多?"我想到了橘子学姐。
"嗯?"
"没事。只是忽然想到一种动物。"
"因为我吗?"

"不。是因为橘子。"

"这里没橘子呢。"

"说得对。"

荃又看了我一眼,充满疑惑。

"我们的对白有点奇怪。"我不好意思地笑了笑。

"嗯。"荃也笑了。

"可以请教你一件事吗?"

"别客气。请说。"

"朱丽叶的对白,需要声嘶力竭吗?"

"不用的。眼神和肢体语言等,都可以适当传达悲伤的情绪,不一定要通过声音、语气。而且有时真正的悲伤,是无法用声音表现出来的。"

"嗯?"

"比如说……"

荃把装了半满果汁的高脚杯,移到面前。

右手拿起细长的汤匙,放进杯中,顺时针方向,轻轻搅动五圈,停止。

眼睛一直注视着杯中的漩涡,直到风平浪静。

然后收回眼神,再顺时针搅动两圈,端起杯子,喝了一口。

"我在做什么呢?"

"你在思念某个人。"

荃赞许似的点点头。

"你很聪明。"

"谢谢。"
"再来?"
"嗯。"

荃将高脚杯往远处推离十厘米,并把汤匙拿出杯子,放在杯脚左侧。

右手的食指和中指搁在杯口,其余三指轻触杯身。眼睛凝视着汤匙。

端起杯子,放到嘴边,却不喝下。停顿十秒后,再将杯子缓缓放下。

杯子快要接触桌面前,动作突然完全静止。

视线从头到尾竟然都在汤匙上。

"这样呢?"
"你很悲伤。"

荃愣住了。

过了一会,荃又缓缓地点头。
"我们是第一次见面吗?"荃又问。
"好像是吧。"我还是不确定。
荃想了一下,轻轻呼出一口气。
"再来一个,好吗?"
"好。"

荃再将汤匙放入杯中,左手托腮,右手搅拌着果汁,速度比刚刚略快。

用汤匙舀起一块冰,再放下冰块。拿起汤匙,平放在杯口。

眼睛注视杯脚，挑了一下眉头，然后轻轻叹一口气。
"答案是什么？"
"这太难了，我猜不出来。"
"这表示果汁很好喝，不过快喝完了。好想再喝一杯，可惜钱不够。"
荃说完后，吐了吐舌头，笑了起来。
我也笑了起来。

"轮到，我玩。"孙樱突然说话。
我看了孙樱一眼，很想阻止她。
孙樱将她自己的高脚杯放到面前，右手拿起汤匙，快速地在杯中搅动。
汤匙撞击玻璃杯，清脆地响着。
左手按着肚子，皱了皱眉头，也学着荃叹了一口气。
"如何？"孙樱问。
"你吃坏肚子，想上厕所。但厕所有人，只好坐着干着急。"
"胡说！"孙樱骂了我一声，"这叫，沉思！"

我左边嘴角动了一下，眯起眼睛。
"你不以为然，却不敢声张。"荃指着我，笑着说。
"你怎么会知道？"
我很惊讶地望着荃，荃有点不好意思，低下了头。
等荃抬起头，我问她："我们是第一次见面吧？"轮到我问了。
"应该是的。"荃似乎也不确定。

"我该，走了。"孙樱站起身。

"你朋友家的母狗又生了三只小狗吗?"

"我要,赶稿!"孙樱瞪了我一眼。

孙樱拿起皮包,跟我和荃挥挥手:"方荃,菜虫,再见。"

我转身看着孙樱的背影消失在楼梯口,然后再转身回来。

接触到荃的视线时,我笑了笑,左手抓抓头发。

然后将身子往后挪动,靠着椅背。

"咦?"

"怎么了?"

"你和孙樱是好朋友吧?"

"是啊。"

"那为什么她离开后,你心里却想着'她终于走了'呢?"

"啊?你怎么又知道了?"我有点被吓到的感觉。

"你的肢体语言好丰富呢。"

"真的吗?"

我右手本来又想搔搔头,但手举到一半,便不敢再举。

"没关系的。"荃笑了笑,"这是你表达情绪的方式。"

"嗯?"

"有的人习惯用文字表达情感,有的人习惯用声音……"荃指着我僵在半空的右手,"你则习惯用动作。"

"这样好吗?"

"这样很好。因为文字和声音都会骗人,只有眼神和下意识的动作,不会骗人。"

"怎么说?"

"又要我举例吗?"荃笑了笑。
"嗯。"我也笑了。

"你的杯子可以借我吗?"
"当然可以。"
我的杯子装的是水,不过我喝光了。
荃拿起空杯子,作势喝了一口,然后放下。
嘴唇微张,右手在嘴边扇动几下。
"这杯果汁真好喝,又冰又甜。真是令人愉悦的事,呵呵……"
荃的笑声很轻,像深海鱼的游泳动作。

"懂了吗?"
"嗯。其实你喝的是热水,而且舌头还被烫了一下。但你却说你喝的是冰果汁,还发出非常兴奋的笑声。文字和声音都是骗人的,只有嘴唇和右手的动作表达了真正的意思。我这样说,对吗?"
"对的。"
荃点点头,然后再歪了一下头,微笑地注视我,说:
"那你还不赶快点个餐,你已经饿坏了,不是吗?"
"啊?我又做了什么动作?"
我把双手放在腿上,正襟危坐,不敢再做任何动作。

"呵呵。我不是现在看出来的。"荃指着我的空杯子,"你刚进餐厅,一坐下来,很快就把水喝光了。"
"也许我口渴啊。"
"那不一样的。"荃摇摇头。
"哪里不一样?"

"口渴时的喝水动作是……是激烈的。对不起,我不擅长用文字表达。"

"没关系。我懂。"

荃感激似的笑了一下:"可是你喝水的动作是和缓的,好像……"

"好像你不知道你正在喝水一样。你只是下意识做出一种进食的动作。"

荃又笑了一下:"对不起。我很难用文字形容。"

"嗯。你真的好厉害。"

"才不呢。我很笨的,不像你,非常聪明。"

"会吗?"

"你思考文字的速度很快,对很多动作的反应时间也非常短。"

"嗯?"

"就像你刚刚猜孙樱的动作,你其实是猜对的。"

"真的吗?那她干吗骂我?"

"她刚刚用的文字和声音是骗人的,很多动作也是刻意做出来的。"荃顿了顿,"只有左手抚摸肚子的动作是真实的。"

"既然我和你同时都猜对了,为什么你说我聪明,而你却笨呢?"

"那不一样的。"

"请举例吧。"

"你果然聪明,你已经知道我要举例了。"

"我只是请你举例而已,并没猜到你要举例啊。"

"你知道的。"荃笑得很有把握。

我也笑一笑,并不否认。

163

荃指着餐桌上的花瓶,花瓶是白色的底,有蓝色的条纹和黄色的斑点。

花瓶里面插着一朵带着五片绿叶的红色玫瑰花。

"我接收到的问题是:这朵花是什么颜色的?我回答是红色。虽然我答对了,但这跟我聪不聪明无关。"

"那我呢?"

"你不一样。你接收到的问题却是:这个东西是什么颜色呢?"荃笑了一笑,"你竟然也能回答出红色,所以你很聪明。"

"我不太懂。"

"我接收到的讯息很简单,花是什么颜色?我看到红色,就回答红色。"

然后荃轻轻拿起花瓶,分别指出上面的五种色彩。

"可是你接收到的讯息是非常不完整的,在白、蓝、黄、绿、红色中,你能判断出真正的问题所在。脑中多了'判断'的过程,而且答对,难道不聪明?"

"所以呢?"

"我只是说出我眼中看到的东西,你却能经过思考来判断。"荃佩服似的点点头,"这是我们之间的差别。我笨,你聪明。"

"你怎么老说自己笨?我觉得你很聪明啊。"

荃看了看我,腼腆地笑了笑,低下了头。

"怎么了?"

"没。只是觉得你是个好人。"

"嗯?"

"我是笨的没错。如果我接收到的讯息跟你一样,我一定不知所措。"

荃轻轻叹了一口气。

"为什么叹气呢?年轻人不该叹气哟。"

"没。"荃凝视着花瓶,陷入沉思,过了许久才说,"现代人的文字和声音就像这个插上花的花瓶一样,混杂了许多色彩。我根本无法判断每个人心中真正想表达的色彩是什么。颜色好乱的。所以我在人群中很难适应,我会害怕。"

"那我的颜色乱不乱?"

"呵呵。"荃笑了出来,"你的颜色非常简单,很容易看出来的。"

"那我是什么颜色呢?"我很好奇地问荃。

荃笑了笑,并不回答。

"嗯?"我又问了一次。

"总之是很纯粹的颜色。只不过……"

"不过什么?"

"没。"荃把花瓶中的花拿出来,观看一番,再插回瓶中。

"我很喜欢跟你沟通。"过了一会,荃轻声说。

"我也是。"

"我不擅长用文字跟人沟通,也常听不懂别人话中的意思。可是……"

"可是什么?"

"没。你想表达的,我都能知道得很清楚,不会困惑。"

"为什么?"

"因为你传达出来的讯息都很明确。不过文字和声音还是例外的。"

"我以后会尽量用文字和声音表达真正的意思。"
"嗯。我们要像小孩子一样。"
"嗯？"
"小孩子表达情感是非常直接而且不会骗人的。饿了就哭，快乐就笑，生气时会用力抓东西……"荃突然顽皮地笑了一下，指着我说，"你看过小孩子肚子饿时，却告诉妈妈说他已经吃过了吗？"
"妈，我错了。下次不敢了。"
我和荃第一次同时笑出声音。

"对不起。我真笨，光顾着说话，你还没点餐呢。"
荃急着向服务生招手，服务生拿了份菜单过来。
"你帮我点就行了。你那么厉害，一定知道我要吃什么。"
"呵呵。我不是神，也不是怪物。我和你一样，都是平凡的人。"
我端详着她，笑说：
"我怎么却觉得你带点天上的气息呢？"
"我没有的。"荃红着脸，低下了头。

我脑海中突然闪过一些文字，张口想说时，又吞了回去。
"你想说什么？"
"没事。"
"你答应过的，会用文字表达真正的意思，不再隐藏。"
"好吧。我送你一句话。"
"请说。"

"请你离开天上云朵,欢迎来到地球表面。"
"那是两句。"荃笑了笑。
"我算术不好,见笑了。"

我点的餐送来了,我低头吃饭,荃拿出一本书阅读。
"对了。有件事一直困扰着我,不知道可不可以请教你?"
我吃完饭,开口问荃。
"可以的。怎么了?"荃把书收起。
"请问,我们今天为什么会在这里一起吃饭?"
"呵呵……对不起。我们还没谈到主题。"
荃笑得很开心,举起右手掌背掩着口,笑个不停。

"我看过你在网络上写的文字,我很喜欢。本来想邀你写稿的……"
"现在看到我后,就不想了吗?"
"不不……"荃很紧张地摇摇手,"对不起。我不太会表达。"
"我开玩笑的,你别介意。"
"嗯。不过我看到你后,确实打消了邀你写稿的念头。"
"你也开玩笑?"
"我不会开玩笑的。我是真的已经不想邀你写稿了。"
"啊?为什么?嫌弃我了吗?"
"对不起。"荃突然站起身,"我不会说话,你别生气。"

"你别紧张,是我不好。我逗你的,该道歉的是我。"
我也站起身,请她坐下。
"你别……这样。我不太懂的,会害怕。"

"对不起。是我不好。"

"你吓到我了。"荃终于坐下来。

"对不起。"我也坐下来。

荃没回答,只是将右手按住左胸,微微喘气。

我站起身,举起右手,放下;再举左手,放下。

向左转九十度,转回身。再向右转九十度,转回身。

"你在……做什么?"荃很好奇。

"我在做'对不起'的动作。"

"什么?"

"因为我用文字表达歉意时,你并不相信。我只好做动作了。"

荃又用右手掌背掩着口,笑了起来。

"可以原谅我了吗?"

"嗯。"荃点点头。

"我常会开玩笑,你别害怕。"

"可是我分不出来的。"

"那我尽量少开玩笑,好吗?"

"嗯。"

"说吧。为什么已经不想邀我写稿了呢?"

"嗯。因为我觉得你一定非常忙。"

"你怎么知道?"

"你的眉间……很紧。"

"很紧?"

"嗯。好像是在抵抗什么东西似的。"

"抵抗?"

"嗯。好像有人放一颗很重的石头压在你身上,于是你很用力要推开。"

"那我推开了吗?"

"我不知道。我只知道,你一直在用力,在用力。"

"哦。"

"我又说了奇怪的话吗?"

"没有。你形容得非常好。"

"谢谢。常有人听不懂我在说什么的。"

"那是他们笨,别理他们。"

"你又取笑我了。我才笨呢。"

"你哪里笨?我的确非常忙,你一说就中。不简单,你是高手。"

"高手?"

"就是很聪明的意思。"

"嗯。"

"还有别的理由吗?"

"还有我觉得你并不适合写稿,你没有能力写的,你一定写不出来的。"

"哈哈……哈哈哈……"我开始干笑,荃真的不会讲话。

"你笑什么?我说错话了?"

"没有。你说得很对。然后呢?"

"没有然后了。你写不出来,我当然就不必邀你写稿了。"

"哦。"

我们都安静下来,像在深海里迎面游过的两条鱼。

因为我实在不知道该说什么。荃看我不说话,也不开口。

荃是个纯真的女孩,用的文字非常直接明了。

但正因为把话说得太明白了,在人情世故方面,会有不周到之处。

我很想告诉她,不懂人情世故是会吃亏的。

可是如果所谓的人情世故,就是要把话说得拐弯抹角,说得体面,那我实在不应该让荃失去纯真。

"你又……又生气了吗?"过了许久,荃小心翼翼地问着。

"没有啊。怎么了?"

"你突然不出声,很奇怪的。"

"哦。那好吧。可以请教你,为什么我不适合写稿吗?"

"因为你不会写呀。"

"不会?"

"嗯。就像……就像你可以打我屁股,但是你不会打。道理是一样的。"

"你怎么知道我不会想打你屁股呢?"

"因为我很乖的。"荃笑了起来,像个小孩。

"原来如此。你的意思是说我有能力写稿,但是我不想写?"

"对,就是这个意思。"荃很高兴,"所以我说你好聪明的。"

"那,为什么我不想写呢?"

"你想写的话就不会是你了。"荃似乎很努力地想了一下,然后说,"如果你帮我写稿,你可能每星期要写一千字。但你的文字不是被制造出来的,你的文字是自然诞生出来的。"

"制造？自然？"

"嗯。这就像快乐一样。我如果希望你每天固定制造十分钟快乐给我，你是做不到的，因为你可能整天都处于悲伤的情绪中。而且，被制造出来的快乐，也不是快乐呢。"

"嗯。"

"你文章中的文字，是没有面具的；不像你说话中的文字，有面具。"

"啊？真的吗？"

"我又说错话了，对不起。"荃吐了吐舌头。

"没关系。我为什么会这样呢？"

"我只知道你文章中的文字，是下意识地表达情感，是真实的。"

荃看看我，很不好意思地说："我可以……再继续讲吗？"

"可以啊。"

"嗯。而你说话中的文字，是被包装过的。我只能看到表面的包装纸，猜不到里头是什么东西。"荃很轻声地说出这段话。

"嗯。谢谢你。我会很仔细地思考这个问题。"

"你不会生气吧？"荃低下头，眼睛还是偷偷瞄着我。

"不会的。真的。"

"嗯……我看到你，就会想跟你说这么多。我平常几乎不说话的。"

"真的吗？"

"嗯。因为我说话常惹人生气。"荃又吐了吐舌头，顽皮地笑着。

"你以后要常常跟我说话哟。"

"嗯。你不生气的话，我就常说。"

我们又沉默一会。然后我起身，准备上洗手间。
"你……你要走了吗？"荃似乎很慌张。
"没有啊。只是上个洗手间而已。"
"你还会回来吗？"
"当然会啊。只要不淹死在马桶里的话。"
"请不要……跟我开这种玩笑。"
"哦。对不起。"我只好再做些动作。
"我（手指着鼻子）真的（两手举高）会（拍手）回来（两手平伸）。"

荃呵呵笑了两声："我会等你。"

我从洗手间回来后，荃看了看我，微笑着。
我们又聊了一会天。
跟荃聊天是很轻松的，我有什么就说什么，她说什么我就听什么，不用太注意修饰语言中的文字和语气。
我也注意到，荃的所有动作都非常轻、非常和缓。
说话的语气也是。
也就是说，她说话的句子语气，不会用惊叹号。
只是单纯的逗号和句号。
语尾也不会说出"哟""喽""啦""啰"之类的。
通常出现的是"呢"。顶多出现"呀"，但语气一定不是惊叹号。

如果荃要表达惊叹号的意思，会用眼神，还有手势与动作。
由于荃说话句子的语气太和缓，有时说话的速度还会放得很慢，而且句子间的连接，也不是很迅速，总会有一些时间差。
所以我常常不知道她说话的句子是否已经结束。
于是我会等着。
直到她说："我句号了。"
我就会笑一笑，然后我再开始接着说。

还有，我注意到，她的右手常会按住左胸，然后微微喘气。
不过我没问。
荃也没说。

当我注意到餐馆内的空桌子突然多了起来时，我看了看表。
"已经十一点了，你是不是该回去了？"
"不用的。我一个人住。"
"你住哪里？"
"我家在台中。不过我现在一个人住高雄。"
"啊？那还得坐火车啊，不会太晚吗？"
"会吗？"
"那你到了高雄，怎么回家？"
"一定没公交车了，只好坐出租车。"

"走吧。"我迅速起身。
"要走了吗？"
"当然啊。太晚的话，你一个女孩子坐出租车很危险。"
"不会的。"
"还是走吧。"
"可是……我想再跟你说话呢。"

"我留我的电话号码给你,回家后你可以打电话给我。"
"好。"

到了火车站,十一点二十四分的车刚过。
我只好帮她买十一点五十八分的下一班车。
另外,我也买了张月台票,陪她在第二月台上等车。
"你为什么突然有懊恼和紧张的感觉呢?"荃在月台上问我。
"你看出来了?"
"嗯。你的眉间有懊恼的讯息,而握住月台票的手,很紧张。"
"嗯。如果早点到,就不用多等半小时火车。"
"可是我很高兴呢。我们又多了半小时的时间在一起。"

我看了荃一眼,然后右手中指在右眉的眉梢,上下搓揉。
"你不用担心我的。我会把自己照顾得很好。"荃笑着说。
"你知道我担心你?"
"嗯。"荃指着我的右眉。
"那你回到家后,记得马上打电话给我,知道吗?"
"嗯。"
"会不会累?"
"不会的。"荃又笑了。

"我有个问题想问你。"
"嗯。我知道你想问什么。事实上我也有同样的问题。"
"真的吗?"
"我们是第一次见面,应该不会错的。"
"你真是高手,太厉害了。"

"你……你不是还有问题吗?"

"还是瞒不过你。"我笑了笑。

"你想问什么呢?"

"我到底是什么颜色?"

"你的颜色很纯粹,是紫色。"荃凝视我一会,叹口气说,"只可惜是深紫色。浅一点就好了。"

"可以告诉我原因吗?"

"通常人们都会有两种以上的颜色,但你只有一种。"

"为什么?"

"每个人出生时只有一种颜色。随着成长,不断被别人涂上其他色彩,有时自己也会刻意染上别的颜色。但你非常特别,你始终都只有一种颜色,只不过……"

我等了一会,一直等不到句号。

我只好问:"只不过什么?"

"只不过你的颜色不断加深。你出生时,应该是很浅的紫色。"

"颜色加深是什么意思呢?"

"这点你比我清楚,不是吗?"

"我还是想听你说。"

荃叹口气:"那是你不断压抑的结果。于是颜色愈来愈深。"

"最后会怎样呢?"

"最后你会……"荃咬了咬下唇,吸了很长的一口气,接着说,"你会变成很深很深的紫色,看起来像是黑色,但本质还是紫色。"

"那又会如何呢?"

"到那时……那时你便不再需要压抑。因为你已经崩溃了。"

荃看着我,突然掉下一滴眼泪,泪水在脸上的滑行速度非常快。大约只需要眨一下眼睛的时间,泪水就已离开眼眶,抵达唇边。

"对不起。我不问了。"

"没。我只是突然觉得悲伤。你现在眉间的紫色,好深好深。"

"别担心。我再把颜色变浅就行了。"

"你做不到的。那不是你所能做到的。"荃摇摇头。

"那我该怎么办?"

"你应该像我一样。快乐时就笑,悲伤时就掉眼泪。不需要压抑。"

"我会学习的。"

"那不是用学习的。因为这是我们每个人与生俱来的能力。"

"为什么我却很难做到?"

"因为你一直在压抑。"

"真的吗?"

"嗯。其实每个人多少都会压抑自己,但你的压抑情况……好严重的。一般人的压抑能力并不强,所以情感还是常会表露,这反而是好事。但是你……你的压抑能力太强,所有的情感都被镇压住了。"

荃叹了口气,摇摇头。

"你的压抑能力虽然很强,还是有限的。但情感反抗镇压的力量,却会与日俱增,而且还会有愈来愈多的情感加入反抗。一旦你镇压不住,就会……就会……"

"别说这个了。好吗?"

荃看了我一眼,有点委屈地说:"你现在又增加压抑的力道了。"

我笑一笑,没有说话。

"可不可以请你答应我,你以后不再压抑,好吗?"

"我答应你。"

"我不相信。"

"我(手指着鼻子)答应(两手拍脸颊)你(手指着荃)。"

"真的吗?"

"我(手指着鼻子)真的(两手举高)答应(两手拍脸颊)你(手指着荃)。"

"我要你完整地说。"

"我(手指着鼻子)不再(握紧双拳)压抑……"

想了半天,只好问荃:

"压抑怎么比?"

"傻瓜。哪有人这样随便乱比的。"荃笑了。

"那你相信了吗?"

"嗯。"荃点点头。

火车进站了。

荃上车,进了车厢,坐在靠窗的位置。

荃坐定后,隔着车窗玻璃,跟我挥挥手。

这时所有语言中的文字和声音都失去意义,因为我们听不见彼此的话语。

汽笛声响起,火车启动。

火车启动瞬间,荃突然站起身,右手手掌贴住车窗玻璃。
她的嘴唇微张,眼睛直视我,左手手掌半张开,轻轻来回挥动五次。
我伸出右手食指,指着右眼;再伸出左手食指,指着左眼。
然后左右手食指在胸前互相接触。
荃开心地笑了。
一直到离开我的视线,荃都是笑着的。

荃表达的意思很简单:"我们会再见面吗?"
我表达的意思更简单:"一定会。"

第八支烟

我愿是一颗,相思树上的红豆

请你在树下,轻轻摇曳

我会小心翼翼,鲜红地,落在你手里

亲爱的你

即使将我沉淀十年,收在抽屉

想念的心,也许会黯淡

但我永不褪去

红色的外衣

"二水，二水站到了。下车的旅客，请不要忘记随身携带的行李。"

火车上的广播声音，又把我拉回到这班南下的列车上。

而我的脑海中，还残存着荃离去时的微笑和手势。

我回过神，从烟盒拿出第八根烟，阅读。

嗯，上面的字说得没错，把相思豆放了十年，还是红色。

我念高中时，校门口有一棵相思树，常会有相思豆掉落。

我曾捡了几颗。

放到现在，早已超过十年，虽然颜色变深了点，却依然是红。

原来相思豆跟我一样，也会不断地压抑自己。

当思念的心情，一直被压抑时，最后是否也会崩溃？

而我会搭上这班火车南下，是否也是思念崩溃的结果？

我活动一下筋骨，走到车厢连接处，打开车门。

不是想跳车，只是又想吹吹风而已。

快到台湾南部了，天气虽仍有些阴霾，但车外的空气已不再湿冷。

这才是我所熟悉的空气味道。

突然想起柏森说过的"爱情像沿着河流捡石头"的比喻。
虽然柏森说,在爱情的世界里,根本没有规则。
可是,真的没有规则吗?
对我而言,这东西应该存在着红灯停绿灯行的规则,才不致交通大乱。
柏森又说,看到喜欢的石头,就该立刻捡起,以后想换时再换。
我却忘了问柏森,如果出现两颗形状不一样但重量却相同的石头时,应该如何?
同时捡起这两颗石头吗?

人类对于爱情这东西的理解,恐怕不会比对火星的了解来得多。
也许爱情就像鬼一样,因为遇到鬼的人总是无法贴切地形容鬼的样子。
没遇到鬼之前,大家只能想象,于是每个人心目中鬼的形象,都不一样。
只有遇到鬼后,才知道鬼的样子。
但也只能知道,无法向别人形容。
别人也不见得能体会。

望着车外疾驰而过的树,我叹了一口气。
把爱情比喻成鬼,难怪人家都说我是个奇怪的人。
只有明菁和荃,从不把我当作奇怪的人。
"你是特别,不是奇怪。"
明菁会温柔地直视着我,加重说话的语气。

"你不奇怪的。"

荃会微皱着眉,然后一直摇头。双手手掌向下,平贴在桌面上。

明菁和荃,荃和明菁。
我何其幸运,能同时认识明菁和荃。
又何其不幸,竟同时认识荃和明菁。

当我们还不知道爱情是什么东西时,我们就必须选择接受或拒绝。
就像明菁出现时的情形一样。
我必须选择接受明菁,或是拒绝明菁。

可是当我们好像知道爱情是什么东西时,我们却已经无法接受和拒绝。
就像荃出现时的情形一样。
我已经不能接受荃,也无法拒绝荃。

握住车门内铁杆的右手,箍紧了些。
右肩又感到一阵疼痛。
只好关上车门,坐在车门最下面的阶梯。
身体前倾,额头轻触车门,手肘撑在膝盖上。
摘下眼镜,闭起眼睛,双手轻揉着太阳穴。
深呼吸几次,试着放松。

荃说得没错,我现在无法用语言中的文字和声音表达情绪。
只有下意识的动作。

荃，虽然因为孙樱的介绍，让你突然出现在我生命中，但我还是想再问你："我们真的是第一次见面吗？"

那天荃坐上火车离去后，回研究室的路上，我还是不断地思考这问题。
于是在深夜的成大校园，晃了一圈。
回到研究室后，准备磨咖啡豆，煮咖啡。
"煮两杯吧。"柏森说。
"好。"我又多加了两匙咖啡豆。

煮完咖啡，我坐在椅子上，柏森坐在我书桌上，我们边喝咖啡边聊。
"你今天怎么出去那么久？我一直在等你吃晚餐。"柏森问。
"哦？抱歉。"突然想起，我和荃都没吃晚餐。
不过，我现在并没有饥饿的感觉。
"怎么样？孙樱的朋友要你写什么稿？"
"不用写了。她知道我很忙。"
"那你们为什么谈那么久？"
"是啊。为什么呢？"
我搅动着咖啡，非常困惑。

电话声突然响起。
我反射似的弹起身，跑到电话机旁，接起电话。
果然是荃打来的。
"我到家了。"
"很好。累了吧？"

"不累的。"

"那……已经很晚了,你是不是该睡了?"

"我还不想睡。我通常在半夜写稿呢。"

"哦。"

然后我们沉默了一会,荃的呼吸声音很轻。

"以后还可以跟你说话吗?"

"当然可以啊。"

"我今天说了很多奇怪的话,你会生气吗?"

"不会的。而且你说的话很有道理,并不奇怪。"

"嗯。那我先说晚安了,你应该还得忙呢。"

"晚安。"

"我们会再见面吗?"

"一定会的。"

"晚安。"荃笑了起来。

挂完电话,我呼出一口长气,肚子也开始觉得饥饿。

于是我和柏森离开研究室,去吃夜宵。

我吃东西时有点心不在焉,常常柏森问东,我答西。

"菜虫,你一定累坏了,回家去睡一觉吧。"

柏森拍拍我肩膀。

我骑车回家,洗个澡,躺在床上,没多久就沉睡了。

这时候的日子,是不允许我胡思乱想的。

因为距离提交论文初稿的时间,剩下不到两个月。

该修的课都已修完,没有上课的压力,只剩论文的写作。

我每天早上大概十一点出门,在路上买个盒饭,到研究室吃。

晚餐有时候和柏森一起吃,有时在回家途中随便吃。

吃完晚餐,洗个澡,偶尔看一会电视里的职业棒球赛,然后又回到研究室。

一直到凌晨四点左右,才回家睡觉。

为了完成论文,我需要编写数值程序。

我用程序的语言,去控制程序。

我控制程序的流程,左右程序的思考,要求它按照我的命令,不断重复地执行。

有次我突然惊觉,是否我也只是上帝所编写的程序?

我面对刺激所产生的反应,是否都在上帝的意料之中?

于是我并没有所谓的"自主意志"这种东西。

即使我觉得我有意志去反抗,是否这种"意志"也是上帝的设定?

是这样的吧?

因为在这段时间,我只知道每天重复着同样的循环。

起床,出门,到研究室,跑程序,眼睛睁不开,回家,躺着,起床。

甚至如果吃饭时多花了十分钟,我便会觉得对不起国家民族。

我想,上帝一定在我脑里加了一条控制方程式:

"If you want to play, then you must die very hard look."

翻成中文的意思,就是:"如果你想玩,那么你一定会死得很难看。"

三个礼拜后,我的循环竟然轻易地被荃打破。

那是一个凉爽的四月天,研究室外桑树上的桑葚,结实累累。

大约下午五点半时,我接到荃的电话。

"我现在……在台南呢。"

"真的吗?那很好啊。台南是个好地方,我也在台南哟。"

荃笑了起来。

我发觉我讲了一句废话,不好意思地也笑了。

当我们的笑声停顿,荃接着说:

"我……可以见你吗?"

"当然可以啊。你在哪里?"

"我在小东公园外面。"

"好。请你在那里等着,我马上过去。"

我骑上摩托车,到了小东公园,把车停好。

这才想起,小东公园是没有围墙的。

那么,所谓的"小东公园外面"是指哪里呢?

我只好绕着公园外面,一面跑,一面搜寻。

大约跑了半圈,才在三十米外,看到了荃。

我放慢脚步,缓缓地走近。

荃穿着白色连身长裙,双手自然下垂于身前,提着一个黑色手提袋。

微仰起头,似乎正在注视着公园内的绿树。

她站在夕阳的方向,身体左侧对着我。

偶尔风会吹起她的发梢,她也不会用手去拨开被风吹乱的发丝。

　　她只是站着，没有任何动作。

　　我朝着夕阳前进，走到离她三步的距离，停下脚步。
　　荃依然维持原来的站姿，完全不动。
　　视线也是。
　　虽然她静止，但这并没有让我联想到雕像。
　　因为雕像是死的，而她好像只是进入一种沉睡状态。
　　于是我也不动，怕惊醒她。
　　又是一个定格画面。

　　我很仔细地看着荃，努力地记清楚她的样子。
　　因为在这三个礼拜之中，我曾经做了个梦。
　　梦里荃的样子是模糊的，最先清晰浮现的，是她手部细微的动作。
　　然后是眼神，接下来是声音。
　　荃的脸孔，我始终无法完整地拼凑出来。
　　我只记得，荃是美丽的。

　　荃和明菁一样，都可以被称为三百六十度美女。
　　也就是说，不管从哪个角度看，都是美丽的。
　　只不过明菁的美，是属于会发亮的那种。
　　而荃的美，却带点朦胧。

　　突然联想到明菁，让我的身体倏地颤动了一下。
　　而这细微的颤动，惊醒了荃。

"你好。"

荃转身面对我,欠了欠身,行个礼。

"你好。"我也点个头。

"你来得好快。"

"学校离这里很近。"

"对不起,把你叫出来。"

"没关系的。"

"如果有所打扰,请你包涵。"

"你太客气了。"

"请问这阵子,你过得好吗?"

"我很好,谢谢。你呢?"

"我也很好。谢谢。"

"我们还要进行这种客套的对白吗?谢谢。"

"不用的。谢谢。"

荃说完后,我们同时笑了起来。

"你刚刚好厉害,一动也不动啊。"

"猜猜看,我刚才在做什么?"

"嗯……你在等待。"

"很接近了,不过不太对。因为你没看到我的眼神。"

"那答案是什么?"

"我在期待。"

"期待什么?"

"你的出现。"

荃又笑了,似乎很开心。

"你现在非常快乐吗?"

"嗯。我很快乐,因为你来了呢。你呢?"

"我应该也是快乐的。"

"快乐就是快乐,没有应不应该的。你又在压抑了。"

"我(手指着鼻子)真的(两手交叉胸前)快乐(左手拍右手掌背)。"

"你又在胡乱比了。上次你比'真的'时,不是这样呢。"

"是吗?那我是怎么比的?"

"你是这样比的……"

荃先把袋子搁在地上,然后缓缓地把双手举高。

"哦。我这套比法跟英文很像,上次用的是过去时,这次用现在进行时。"

"你又胡说八道了。"荃笑着说。

"没想到我上次做的动作,你还会记得。"

"嗯。你的动作,我记得很清楚。说过的话也是。"

其实荃说过的话和细微的动作,我也记得很清楚。

而且我的确很快乐,因为我也期待着看到荃。

只不过我的期待动作,是……是激烈的。

于是还没问清楚荃的详细位置,便急着骑上摩托车,赶到公园。

然后又在公园外面,奔跑着找寻她。

而荃的期待动作,非常和缓。

激烈与和缓?

我用的形容词,愈来愈像荃了。

我们走进公园内,找了椅子,坐下。

荃走路很缓慢,落地的力道非常轻,有点像在飘。

"你今天怎么会来台南?"

"我有个写稿的伙伴在台南,我来找她讨论。"荃拨了拨头发。

"是孙樱吗?"

"不是的。孙樱只是朋友。"

"你常写稿?"

"嗯。写作是我的工作,也是兴趣。"

"不知道我有没有荣幸,能拜读你的大作?"

"你看你,又在语言中包装文字了。"

"啊?"

"你用了'荣幸'和'拜读'这种字眼来包装呢。"

"那是客气啊。"

"才不呢。你心里一定想着:哼,这个弱女子能写出什么伟大的作品!"

"冤枉啊,我没有这样想。"

我很紧张,拼命摇着双手。

"哈哈……"荃突然笑得很开心,边笑边说,"我也吓到你了。"

荃的笑声非常轻,不仔细听,是听不到的。

她表达"笑"时,通常只有脸部和手部的动作,很少有声音。

换言之,只有笑容和右手掩口的动作,很少有笑声。

不过说来也奇怪,我却能很清楚地听到她的笑声。

那就像有人轻声在我耳边说话,声音虽然压低,我却听得很清楚。

"你不是说你不会开玩笑?"

"我是不会,不是不能呢。"荃吐了吐舌头,说,"不知道为什么,我就是想跟你开玩笑呢。"

"小姐,你的玩笑,很恐怖呢。"

"你怎么开始学我说话的语气呢?"

"我不知道呢。"

"你别用'呢'了,听起来很怪呢。"

荃又笑了。

"是不是我说话的语气,很奇怪?"荃问。

"不是。你的声音很好听,语气又没有抑扬顿挫,所以听起来像是……"

我想了一下,说:"像是一种旋律很优美的音乐。"

"谢谢。"

"应该说谢谢的是我。因为听你说话真的很舒服。"

"嗯。"荃似乎红了脸。

突然有一个球,滚到我和荃的面前。

荃弯腰捡起,将球拿给迎面跑来的小男孩,小男孩说声谢谢。

荃微笑着摸摸他的头发,然后从袋子里,拿颗糖果给他。

"你也要吗?"小男孩走后,荃问我。

"当然好啊。可是我两天没洗头了呀。"

"什么?"荃似乎没听懂,也拿了颗糖果给我。

原来是指糖果呀。

"我是真的想看你写的东西。"

我不好意思地笑了笑,赶紧转移话题。

"你看完后一定会笑的。"

"为什么?你写的是幽默小说吗?"

"不是的。我是怕写得不好,你会取笑我。"

"会吗?"

"嗯。我没什么自信的。"

"不可以丧失自信哟。"

"我没丧失呀。因为从来都没有的东西,要怎么失去呢?"

我很讶异地看着荃,很难相信像荃这样的女孩,会没有自信。

"是不是觉得我很奇怪呢?"

"为什么这么说?"

"因为大家都说我奇怪呢。"

"不。你并不奇怪,只是特别。"

"真的吗?"

"嗯。"

"谢谢。你说的话,我会相信。"

"不过……"我看着荃的眼睛,说,"如果美丽算是一种奇怪,那么你的眼睛确实很奇怪。"

"你又取笑我了。"荃低下了头。

"我是说真的哟。你是个很好的女孩子,应该要有自信。"

"嗯。谢谢你。"

"不客气。我只是告诉一块玉,她是玉,不是石头而已。"

"玉也是石头的一种,你这样形容是不科学的。"

"真是尴尬啊,我本身还是学科学的人。"
"呵呵。"

荃眼睛瞳孔的颜色,是很淡的茶褐色。
因为很淡,所以我几乎可以在荃的瞳孔里,看到自己。
荃跟我一样,没有自信,而且也被视为奇怪的人。
只是我已从明菁那里,得到了自信。
也因为明菁,我不再觉得自己是个奇怪的人。
现在我几乎又以同样的方式,鼓励荃。
荃会不会也因为我,不再觉得自己奇怪,而且有自信呢?

后来我常想,是否爱情这东西也像食物链一样,存在着老虎吃兔子、兔子吃草的道理。
如果没有遇见荃,我可能永远不知道明菁对我的用心。
只是当我知道了以后,却会怀念不知道之前的轻松。

"你在想什么?"荃突然问我。
"没什么。"我笑一笑。
"你又……"
"哦。真的没什么,只是突然想到一个朋友而已。"
在荃的面前,是不能隐瞒的。
"嗯。"

"我下次看到你时,会让你看我写的东西。"
"好啊。"
"先说好,不可以笑我。"

"好。那如果你写得很好,我可以称赞吗?"

"呵呵。可以。"

"如果我被你的文章感动,然后一直拍手时,你也不可以笑哟。"

"好。"荃又笑了。

"为什么你会想看我写的东西?"荃问。

"我只是觉得你写的东西一定很好,所以想看。"

"你也写得很好,不必谦虚的。"

"真的吗?不过一定不如你。"

"不如?文字这东西,很难说谁不如谁的。"

"是吗?"

"就好像说……"荃凝视着远处,陷入沉思。

"就好像我们并不能说狮子不如老鹰,或是大象不如羚羊之类的话。"

"大象不如羚羊?"

"嗯。每种动物都有它自己的特长,很难互相比较的。"

"怎么说?"

"羚羊跑得快,大象力气大。如果比的是速度,羚羊当然会占优势;但是比力气的话,赢的可是大象呢。"

"嗯。"

"所以把我们的文字互相比较,并没有太大的意义。"

"你真的很喜欢用比喻。"我笑了笑。

"那是因为我不太习惯用文字表达意思。"

"可是你的比喻很好,不像我,用的比喻都很奇怪。"

"会吗?"

"嗯。所以我以前的作文成绩,都很差。"

"那不一样的。你的文字可能像一只豹子却去参加举重比赛。"

"啊?"

"豹子擅长的是速度,可是去参加举重比赛的话,成绩当然会很差。"

"那你的文字像什么?"

"我的文字可能像……像一只鹦鹉。"

"为什么?"

"因为你虽然知道我在学人说话,却常常听不懂我在说什么呢。"荃突然笑得很开心,接着说,"所以我是鹦鹉。"

"不会的。我一定听得懂。"

"嗯。我相信你会懂的。"荃低下头说,"其实只要文字中没有面具,能表达真实的情感,就够了。"

"那你的文字,一定没有面具。"

"这可不一定呢。"

"是吗?"

"嗯。我自己想写的东西,不会有面具。但为了工作所写的稿子,多少还是会有面具的。"

"你帮政治人物写演讲稿吗?"

"不是的。为什么这么问?"

"因为我觉得政治人物演讲稿中的文字,面具最多。"

"那不是面具。那叫谎言。"

"哈哈哈……"我笑了起来,"你很幽默哟。"

"没。我不幽默的。你讲话才有趣呢。"

"会吗？"

"嗯。我平常很少笑的。可是见到你，就会忍不住发笑。"

"嗯。这表示我是个高手。"

"我不知道你是不是高手。我只知道，你是我喜欢的人。"

"喜……喜欢？"我吃了一惊，竟然开始结巴。

"嗯。我是喜欢你的……"荃看着我，突然疑惑地说，"咦？你现在的颜色好乱呢。怎么了？"

"因……因为你说……你……你喜欢我啊。"

"没错呀。我喜欢你，就像我喜欢写作，喜欢钢琴一样。"

"哦。原来如此。"我松了一口气，"害我吓了一跳。"

"我说错话了吗？"

"没有。是我自己想歪了。"

"嗯。"

"这样说的话，我也是喜欢你的。"我笑着说。

"你……你……"

荃好像有一口气提不上来的感觉，右手按住左胸，不断轻轻喘气。

"怎么了？没事吧？"我有点紧张。

"没。只是有种奇怪的感觉……"荃突然低下了头。

"你现在的颜色，也是好乱。"我不放心地注视着荃。

"胡说。"荃终于又笑了，"你才看不到颜色呢。"

荃抬起头，接触到我的视线，似乎红了脸，于是又低下头。

不知不觉间，天已经黑了。

公园内的路灯虽然亮起，光线仍显昏暗。

"你饿不饿？"我问荃。

"不饿。"荃摇摇头，然后好像突然想起什么事情似的，问，"已经到吃晚餐的时间了吗？"

"是啊。而且现在吃晚餐可能还有点晚哟。"

"嗯。"荃叹口气，"时间过得好快。"

"你是不是还有事？"

荃点点头。

"那么走吧。"我站起身。

"嗯。"荃也站起身。

荃准备走路时，身体微微往后仰。

"那是闪避的动作。你在躲什么？"

"我怕蚊子。蚊子总喜欢叮我呢。"

"凤凰不落无宝之地，蚊子也是如此。"

"你总是这样的。"荃笑着说。

我载荃到火车站，和上次一样，陪她在第二月台上等车。

这次不用再等半小时，火车十分钟后就到了。

在月台上，我们没多做交谈。

我看看夜空、南方、铁轨、南方、前面第一月台、南方、后面的建筑。

视线始终没有朝向北方。

然后转身看着荃，刚好接触到荃的视线。

"你……你跟我一样,也觉得我现在就得走,很可惜吗?"
"你怎么知道?"
"我们的动作,是一样的。"
"真的吗?"
"嗯。火车从北方来,所以我们都不朝北方看。"
"嗯。我们都是会逃避现实的人。"我笑了笑。

月台上的广播声响起,火车要进站了。
我和荃同时深深地吸了一口长长的气,然后呼出。
当我们又发觉彼此的动作一样时,不禁相视而笑。
荃上车前,转身朝我挥挥手。
我也挥挥手,然后点点头。
荃欠了欠身,行个礼,转身上了火车。

荃又挑了靠窗的位置,我也刻意走到她面前,隔着车窗。
火车还没起动前,我又胡乱比了些手势。
荃一直微笑着注视我。
但荃的视线和身体,就像我今天下午刚看到她的情形一样,都是静止的。

火车在启动瞬间,又惊醒了荃。
荃的左手突然伸出,手掌贴住车窗玻璃。
几乎同时,我的右手也迅速伸出,右手掌隔着玻璃,贴着荃的左手掌。
随着火车行驶,我小跑了几步,最后松开右手。
我站在原地,紧盯着荃,视线慢慢地由右往左移动。

直到火车消失在黑暗的尽头。
荃也是紧盯着我,我知道的。

也许我这样说,会让人觉得我有精神病。
但我还是得冒着被视为精神病的危险,告诉你:
我贴住车窗玻璃的右手掌,能感受到荃传递过来的温度。
那是炽热的。

晚上九点,我回到研究室,凝视着右手掌心。
偶尔也伸出左手掌,互相比较。
"干吗?在研究手相吗?"柏森走到我身后,好奇地问。
"会热吗?"我把右手掌心,贴住柏森的左脸颊。
"你有病啊。"柏森把我的手拿开,"吃过饭没?"
"还没。"
"回家吃蛋糕吧。今天我生日。"柏森说。

柏森买了个十二英寸的蛋糕,放在客厅。
秀枝学姐和子尧兄都在,秀枝学姐也打电话把明菁叫过来。
子尧兄看秀枝学姐准备吃第三盘蛋糕时,说:
"蛋糕吃太多会胖。"
"我高兴。不可以吗?"秀枝学姐没好气地回答。
"不是不可以,只是我觉得你现在的身材刚好……"
"哟!你难得说句人话。"
"你现在的身材刚好可以叫作胖。再吃下去,会变得太胖。"
"你敢说我胖!"秀枝学姐狠狠地放下盘子,站起身。

柏森见苗头不对，溜上楼，躲进他的房间。

我也溜上楼，回到我房间。转身一看，明菁也贼兮兮地跟着我。

在这里住了这么久，常会碰到秀枝学姐和子尧兄的惊险画面。

通常秀枝学姐只会愈骂愈大声，最后带着一肚子怒火回房，摔上房门。

我和柏森不敢待在现场，是因为我们可能会忍不住笑出来，恐怕会遭受池鱼之殃。

明菁在我房间东翻翻西看看，然后问我：

"过儿，最近好吗？"

"还好。"

"听学姐说，你都很晚才回家睡。"

"是啊。"我呼出一口气，"赶论文嘛，没办法。"

"别弄坏身体哟。"

明菁说完后，右手轻拨头发时，划过微皱起的右眉。

我看到明菁的动作，吃了一惊。

这几年来，明菁一直很关心我，可是我始终没注意到她的细微动作。

我突然觉得很感动，也很愧疚。

于是我走近明菁，凝视着她。

"你干吗……这样看着我。"明菁似乎有点不好意思，声音很轻。

"没事。只是很想再跟你说声谢谢。"

"害我吓了一跳。"明菁拍拍胸口，"为什么要说谢谢呢？"

"只是想说而已。"

"傻瓜。"明菁笑了笑。

"你呢？过得如何？"我坐在椅子上，问明菁。
"我目前还算轻松。"明菁坐在我床边，随手拿起书架上的书。
"中文研究所通常要念三年，所以我明年才会写论文。"
楼下隐约传来秀枝学姐的怒吼，明菁侧耳听了听，笑说：
"秀枝学姐目前也在写论文，子尧兄惹到她，会很惨哟。"
"这么说的话，我如果顺利，今年就可以和秀枝学姐一起毕业啰。"
"傻瓜。不是如果，是一定。"
明菁合上书本，认真地说。

"嗯。"过了一会，我才点点头。
"过儿，认识你这么久，你爱胡思乱想的毛病，总是改不掉。"
"我们已经认识很久了吗？"
"三年多了，不算久吗？"
"嗯。不过那次去清境农场玩的情形，我还记得很清楚哟。"
"我也是。"明菁笑了笑，"你猜出我名字时，我真的吓了一大跳。"
我不禁又想起第一次看见明菁时，那天的太阳和空气的味道。

"姑姑。"
"怎么了？"
"我想要告诉你一件很重要的事。"
"什么事？"
"认识你真好。"

"你又在耍白烂了。"

明菁把书放回书架,双手撑着床,身体往后仰三十度,轻松地坐着。

"姑姑。"
"又怎么了?"
"还有一件很重要的事。"
"什么事?"
"你今天穿的裙子很短,再往后仰的话,会走光。"
"过儿!"
明菁站起身,走到书桌旁,敲一下我的头。

楼下刚好传来秀枝学姐用力关门的声音。
"警报终于解除了。"我揉了揉被敲痛的头。
"嗯。"明菁看了看表,"很晚了,我也该回去了。"
"我送你。"
"好。"
"可是你敲得我头昏脑胀,我已经忘了你住哪儿。"
"你……"明菁又举起手,作势要敲我的头。
"我想起来了!"我赶紧闪身。

陪明菁回到胜六舍门口,我挥挥手,说了声晚安。
"过儿,要加油哟。"
"会的。"
"你最近脸色比较苍白,记得多晒点太阳。"
"我只要常看你就行了。"

"为什么?"

"因为你就是我的太阳啊。"

"这句话不错,可以借我用来写小说吗?"

"可以。"我笑了笑,"不过要给我稿费。"

"好。"明菁也笑了,"一个字一块钱,我欠你十块钱。"

"很晚了,你上楼吧。"

"嗯。不过我也要告诉你一件重要的事。"

"什么事?"

"我真的很高兴认识你。"

"我知道了。"

"嗯。晚安。"

明菁挥挥手,转身上楼。

接下来的日子,我又进入了循环之中。

只是我偶尔会想起明菁和荃。

通常我会在很疲惫的时候想到明菁,然后明菁鼓励我的话语,便在脑海中浮现,于是我会精神一振。

我常怀疑,是否我是刻意地借着想起明菁,来得到继续冲刺的力量?

而想到荃的时候,则完全不同。

那通常是一种突发的情况,不是我所能预料的。

也许那时我正在骑车,也许正在吃饭,也许正在说话。

于是我会从一种移动状态,瞬间静止。

如果那阵子我骑车时,突然冲出一条野狗,我一定会来不及踩刹车。

如果我在家里想起明菁,我会拿出明菁送我的槲寄生,把玩。
如果想起荃,我会凝视着右手掌心,微笑。

柏森生日过后两个礼拜,我为了找参考资料,来到高雄的中山大学。
在图书馆影印完资料后,顺便在校园内晃了一圈。
大学里建筑物的颜色,大部分是红色系,很特别。
校园内草木扶疏,环境优美典雅,学生人数又少,感觉非常幽静。
我穿过文管长廊与理工长廊,还看到一些学生坐着看书。
和成大相比,这里让人觉得安静,而成大则常处于一种活动的状态。
如果这时突然有人大叫"救命啊",声音可能会传到校园外的西子湾。
可是在成大的话,顶多惊起一群野狗。

走出中山校园,在西子湾长长的防波堤上,迎着夕阳散步。
这里很美,可以为爱情小说提供各种场景与情节。
男女主角邂逅时,可以在这里;热恋时,也可以在这里。
万一双方一言不合,决定分手时,在这里也很方便。
往下跳就可以死在海水里,连尸体都很难找到。
我知道这样想很煞风景,但是从小在海边长大的我,只要看到有人在堤防上追逐嬉戏,总会联想到他们失足坠海后浮肿的脸。
当我又闪躲过一对在堤防上奔跑的情侣,还来不及想象他们浮肿的脸时,在我和夕阳的中间,出现一个熟悉的身影。

她坐在堤防上,双手交叉放在微微曲起的膝盖上,身体朝着夕阳。

脸孔转向左下方,看着堤脚的消波块,倾听浪花拍打堤身的声音。

过了一会,双手撑着地,身体微微后仰,抬起头,闭上眼睛。

深吸了一口气后,缓缓吐出。

睁开眼睛,坐直身子。右手往前平伸,似乎在测试风的温度。

收回右手,眯起双眼,看了一眼夕阳,低下头,叹口气。

再举起右手,将被风吹乱的右侧头发,顺到耳后。

转过头,注视撑着地面的左手掌背。

反转左手掌,掌心往眼前缓慢移动,距离鼻尖二十厘米时,停止。

凝视良久,然后微笑。

"我来了。"我走到离她两步的地方,轻声地说。

她的身体突然颤动一下,往左上方抬起脸,接触我的视线。

"我终于找到你了。"她挪动一下双腿,如释重负。

"对不起。我来晚了。"

"为什么让我等这么久?"

"你等了多久?"

"可能有几百年了呢。"

"因为阎罗王不让我投胎做人,我只能在六畜之间,轮回着。"

"那你记得,这辈子要多做点好事。"

"嗯。我会的。"

我知道，由于光线折射的作用，太阳快下山时，会突然不见。

我也知道，海洋的比热比陆地大，所以白天风会从海洋吹向陆地。

我更知道，堤脚的消波块具有消减波浪能量的作用，可保护堤防安全。

但我始终不知道，为什么在夕阳西沉的西子湾堤防上，我和荃会出现这段对话。

我也坐了下来，在荃的左侧一米处。

"你怎么会在这里？"我问荃。

"这句话应该是我问你呢。"荃笑了笑，"你怎么会来高雄？"

"哦。我来中山大学找资料。你呢？"

"今天话剧社公演，我来帮学妹们加油。"

"你是中山大学毕业的？"

"嗯。"荃点点头，"我是中文系的。"

"为什么我认识的女孩子，都念中文呢？"

"你很怨怼吗？"荃笑了笑。

"不。"我也笑了笑，"我很庆幸。"

"你刚刚的动作好乱。"

"真的吗？"荃低声问，"你……看出来了吗？"

"大部分的动作我不懂，但你最后的动作，我也常做。"

"嗯？"

我慢慢反转右手掌，眼睛凝视着掌心，然后微笑。

"只不过你是左手掌，而我是右手掌而已。"

"你……你也会想我吗？"

"会的。"我点点头。

荃转身面对我,海风将她的发丝吹乱,散开在右脸颊。
她并没有用手拨开头发,只是一直凝视着我。
"会的。我会想你。"我又强调了一次。
因为我答应过荃,要用文字表达真实的感受,不能总是压抑。
荃的嘴唇突然微启,似乎在喘息。
正确地说,那是一种激烈的呼吸动作。
荃胸口起伏的速度,愈来愈快,最后她皱着眉,右手按着胸口。
"你……还好吗?"

"对不起。我的身体不好,让你担心了。"
荃等到胸口平静后,缓缓地说出这句话。
"嗯。没事就好。"
荃看了我一眼:"是先天性心脏病。"
"我没有……"我欲言又止。
"没关系的。我知道你想问。"
"我并不是好奇,也不是随口问问。"
"我知道的。"荃点点头,"我知道你是关心我的,不是好奇。"

荃再将头转回去,朝着正要沉入海底的夕阳,调匀一下呼吸,说:
"从小医生就一直交代要保持情绪的和缓,也要避免激烈的运动。"
荃拨了拨头发,接着说:
"从这个角度来说,我和你一样,都是压抑的。只不过我是生理因素，而你却是心理因素。"

"那你是什么颜色的呢？"

"没有镜子的话，我怎能看见自己的颜色？"荃笑了笑，"不过我只是不能尽情地表达情绪而已，不算太压抑。"

"可是你……"荃叹了口气，"你的颜色又加深一些了。"

"对不起。"我有点不好意思，"我会努力的。"

"没关系，慢慢来。"

"那你……一切都还好吗？"

"嗯。只要不让心脏跳得太快，我都是很好的。"

荃扬起嘴角，微微一笑：

"我的动作都很和缓，可是呼吸的动作常会很激烈。这跟一般人相反，一般人呼吸，是没什么动作的，所以往往不知道自己正在生活着。"

"嗯？"

"一般人无法感觉到自己的呼吸，但是我可以。所以我呼吸时，似乎是告诉我，我正在活着呢。"荃深呼吸一次，接着说，"而每一次激烈的呼吸，都在提醒我，要用力地活着。"

"你什么时候的呼吸会……会比较激烈呢？"

"身体很累或是……"荃又低下头，轻声说，"或是情绪的波动很激烈的时候。"

"那我送你回家休息，好吗？"

"嗯？"荃似乎有点惊讶，抬起头，看着我。

"我没别的意思。只是觉得你……你似乎累了。"

"好的。我是有些累了。"

荃缓缓站起身，我伸出右手想扶她，突然觉得不妥，又马上收回。

荃住在一栋电梯公寓的十六楼，离西子湾很近。

我们搭上电梯，到了十六楼，荃拿出钥匙，开了门。

"那……我走了。"我看了看表，已经快七点了。

"喝杯水好吗？我看你很累了呢。"

"我不累的。"

"要我明说吗？"荃微笑着。

"不不不。你说得对，我很累。"被荃看穿，我有些不好意思。

"请先随便坐，我上楼帮你倒杯水。"

"嗯。"

荃的房间大约有十坪[①]，还用木板隔了一层阁楼。

楼下是客厅，还有浴室、简单的厨房。靠阳台落地窗旁，有一台钢琴。

我走到落地窗前，眺望窗外的夜景，视野非常好。

突然听到一声幽叹，好像是从海底深处传上来。

我回过头，荃倚在阁楼的栏杆上。

"唉。"荃又轻声叹了一口气。

我疑惑地看着荃。荃的手肘撑在栏杆上，双手托腮，视线微微朝上。

"罗密欧，为什么你要姓蒙特克呢？只有你的姓，才是我的仇

---

① 1坪约合3.3平方米。

敌,请你换一个名字吧,好吗?只要你爱我,我也不愿再姓卡帕来特了。"

"好。我听你的话。"

"是谁?"荃的视线惊慌地搜寻,"谁在黑夜里偷听我说话?"

"我不能告诉你我的名字。因为它是你的仇敌,我痛恨它。"

"我认得出你的声音,你是罗密欧,蒙特克家族的人。"

"不是的,美丽的女神啊,因为你讨厌这个名字。"

"万一我的家人知道你在这里,怎么办?我绝对不能让他们看到你。"

"如果得不到你尊贵的爱,就让你的家人发现我吧,用他们的仇恨结束我可怜的生命吧。"

"不,不可以的。罗密欧,是谁叫你来到这里?"

"是爱情,是爱情叫我来的。就算你跟我相隔辽阔的海洋,我也会借助爱情的双眼,冒着狂风巨浪的危险去找你。"

"请原谅我吧,我应该矜持的,可是黑夜已经泄露了我的秘密。亲爱的罗密欧,请告诉我,你是否真心爱我?"

"以这一轮明月为证,我发誓。"

"请不要指着月亮发誓,除非你的爱情也像它一样,会有阴晴圆缺。"

"那我应该怎么发誓呢?"

"你不用发誓了。我虽然喜欢你,但今晚的誓约毕竟太轻率。罗密欧,再见吧。也许下次我们见面时,爱情的蓓蕾才能开出美丽的花朵。"

"你就这样离开,不给我答复吗?"

"你要听什么答复呢?"

"亲爱的朱丽叶啊,我要喝的水,你……你倒好了吗?"

荃愣了一下,视线终于朝下,看着我,然后笑了出来。

"我倒好了,请上楼吧。"

"这……方便吗?"

"没关系的。"

我踩着木制阶梯,上了阁楼。

阁楼高约1.8米,摆了张床,还有三个书桌,书架钉在墙壁上。

右边的书桌上放置着计算机和打印机,左边的书桌上堆满书籍和稿件。

荃坐在中间书桌前的椅子上,桌上只有几支笔和空白的稿纸。

"请别嫌弃地方太乱。"荃微笑地说。

我找不到坐的地方,只好背靠着栏杆,站着把水喝完。

"这是我新写的文章,请指教。"

"你太客气了。"

我接过荃递过来的几张纸,那是篇约八千字的小说。

故事叙述一个美丽的女子,轮回了好几世,不断寻找她的爱人。

而每一次投胎转世,她都背负着前世的记忆,于是记忆愈来愈重。

最后终于找到她的爱人,但她却因好几世的沉重记忆,而沉入海底。

"很悲伤的故事。"看完后,我说。

"不会的。"

"怎么不会呢？这女子不是很可怜吗？"

"不。"荃摇摇头，"她能找到，就够了。"

"可是她……"

"没关系的。"荃笑了笑，淡淡地说，"即使经过几世的轮回，她依然深爱着同一个人。既然找到，就不必再奢求了，因为她已经比大多数的人幸运。"

"幸运吗？"

"嗯。毕竟每个人穷极一生，未必会知道自己最爱的人是谁。即使知道了，对方也未必值得好几世的等待呢。"

"嗯。"虽然不太懂，我还是点点头。

"这只是篇小说而已，别想太多。"

"咦？你该不会就是这个美丽的女主角吧？"

"呵呵，当然不是。因为我并不美丽。"荃笑了笑，转身收拾东西。

"你很美丽啊。"

"真的吗？"荃回过头，惊讶地问我。

"当范蠡说西施美时，西施和你一样，也是吓一跳哟。"

"嗯？"

"这是真实的故事。那时西施在溪边浣纱，回头就问：'真的吗？'"

荃想了一下，然后笑了起来："你又在取笑我了。"

"对了，能不能请你帮个忙？"

"可以的。怎么了？"

"我右手的大拇指,好像抽筋了。"

"为什么会这样?"

"因为你写得太好,我的拇指一直用力地竖起,所以抽筋了。"

"我才不信呢。"

"是你叫我不要压抑的,所以我只好老实说啊。"

"真的?"

"你写得好,是真的;拇指抽筋,是假的,顶多只是酸痛而已。"

"你总是这样的。"荃笑着说。

"不过,这篇小说少了一样东西。"

"少了什么东西呢?"

"那种东西,叫瑕疵。"

"你真的很喜欢取笑我呢……咦?你为什么站着?"

"这……"

荃恍然大悟:"我忘了这里只有一把椅子,真是对不起。"

"没关系。靠着栏杆,很舒服。"

"对不起。"荃似乎很不好意思,又道了一次歉,接着说,"因为我从没让人到阁楼上的。"

"那我是不是该……"

"是你就没关系的。"

荃站起身,也到栏杆旁倚着。

"我常靠在这栏杆上,想事情呢。"

"想什么呢?"

"我不太清楚。我好像……好像只是在等待。"

"等待?"

"嗯。我总觉得，会有人出现的。我只是一直等待。"
"出现了吗？"
"我不知道。"荃摇摇头，"我只知道，我等了好久，好久。"

"你等了多久？"
"可能有几百年了呢。"

我突然想到今天傍晚在西子湾堤防上的情景，不禁陷入沉思。
荃似乎也是。
于是我们都不说话。
偶尔视线接触时，也只是笑一笑。

"我说你美丽，是真的。"
"我相信你。"
"我喜欢你写的小说，也是真的。"
"嗯。"荃点点头。
"只有一件事，我不知道是真的还是假的。"
"什么事？"
"我们刚刚演的戏。"
"我……我也不知道呢。"

"我想，我该走了。"我又看了看表。
"好。"
我们下楼，荃送我到门口。
"累的话，要早点休息。"
"嗯。"

"我走了。"

"我们还会再……"

"会再见面的。别担心。"

"可是……"

"可是什么?"

"我觉得你是……你是那种会突然消失的人呢。"

"不会的。"

"真的吗?"

"嗯。"我笑了笑,"我不会变魔术,而且也没有倒人会钱①的习惯。"

"请别……开玩笑。"

"对不起。"我伸出右手,"借你的身份证用一用。"

"做什么呢?"

"我指着你的身份证发誓,一定会比指着月亮发誓可信。"

"为什么不用你的身份证呢?"

"因为你不相信我啊。"

"我相信你就是了。"荃终于笑了。

我出了荃的家门,转身跟她说声晚安。

荃倚着开了三十度的门,身体的左侧隐藏在门后,露出右侧身体。

荃没说话,右手轻抓着门把手。

我又说了声晚安,荃的右手缓缓离开门把手,左右轻轻挥动

---

① 指一种恶意卷款而逃的行为。

215

五次。

我点点头,转身跨了一步。

仿佛听到荃在我身后低声惊呼。

我只好再转过身,倒退着离开荃的家门。

每走一步,门开启的角度,便小了些。

直到门关上,我停下脚步,等待。

清脆的锁门声响起,我才又转身往电梯处走去。

继续在台南的生活循环。

终于到了提交论文初稿的日子,我拿了申请书让我的指导教授签名。

老师拿出笔要签名时,突然问我:

"你会不会觉得,我是一个很好的老师?"

"当然会啊。"

"你会不会觉得,跟我做研究是一种幸福?"

"当然幸福啊。"

"那你怎么舍得毕业呢?再多读一年吧。"

"这……"

"哈哈……吓到了吧?"

我跟我的指导教授做了两年研究,直到此时才发觉他也是个高手。

只是这种幽默感,很容易出人命的。

柏森和我是同一个指导教授,也被他吓了一跳。

"你这篇论文写得真好。"老师说。

"这都是老师指导有方。"柏森鞠躬回答。

"你这篇论文,几乎把所有我会的东西都写进去了。"老师啧啧称赞着。

"老师这么多丰功伟业,岂是区区一篇论文所能概括的?"柏森依然恭敬。

"说得很对。那你要写两篇论文,才可以毕业。"

"啊?"

"哈哈……你也吓到了吧?"

子尧兄比较惨,当他拿申请书让他的指导教授签名时,他的指导教授还很惊讶地问他:"你是我的学生吗?"

"是啊。"

"我怎么对你没有印象呢?"

"老师是贵人,难免会忘事。"

"这句话说得真漂亮,我现在也忘了我的名字该怎么写了。"

子尧兄最后去拜托一个博士班学长帮他验明正身,老师才签了名。

我们三人在同一天举行论文口试,过程都很顺利。

当天晚上,我们请秀枝学姐和明菁吃饭,顺便也把孙樱叫来。

"秀枝啊……"子尧兄在吃饭时,突然这么叫秀枝学姐。

"你不想活了吗?叫得这么恶心。"秀枝学姐瞪了一眼。

"我们今年一起毕业,所以我不用叫你学姐了啊。"

"你……"

"搞不好你今年没办法毕业,我还要叫你秀枝学妹呢。"

"你敢诅咒我?"秀枝学姐拍桌而起。

"子尧兄在开玩笑啦,别生气。"柏森坐在秀枝学姐隔壁,赔了笑脸。

"不过秀枝啊……"柏森竟然也开始这么叫。
"你小子找死!"柏森话没说完,秀枝学姐就赏他一记重击。
敲得柏森头昏脑胀,双手抱着头哀号。
"这种敲头的声音真是清脆啊。"我很幸灾乐祸。
"是呀。不仅清脆,而且悦耳哟。"明菁也笑着附和。
"痛吗?"只有孙樱,用手轻抚着柏森的头。

吃完饭后,我们六个人再一起回到我的住处。
孙樱说她下个月要调到彰化,得离开台南了。
我们说了一堆祝福的话,孙樱总是微笑地接受。
孙樱离开前,还跟我们一一握手告别。
但是面对柏森时,她却多说了两句"再见"和一句"保重"。

孙樱走后,我们在客厅聊了一会天,就各自回房。
明菁先到秀枝学姐的房间串了一会门子,又到我的房间来。
"过儿,恭喜你了。"
"谢谢你。"我坐在书桌前,转头微笑。
"你终于解脱了,明年就轮到我了。"
"嗯。你也要加油啊。"
"嗯。"明菁点头,似乎很有自信。

"过儿,你看出来了吗?"
"看出什么?"
"秀枝学姐和子尧兄呀。"

"他们怎么了？"

"你有没有发现，不管子尧兄怎么惹火秀枝学姐，她都没动手哟。"

"对啊！"我恍然大悟，"而柏森一闹秀枝学姐，就被打了。"

"还有呢？"

我想起孙樱轻抚柏森时的手，还有她跟柏森说再见与保重时的眼神，不禁低声惊呼："那孙樱对柏森也是啊。"

"呵呵，你还不算太迟钝。"

认识荃后，我对这方面的事情，似乎变敏锐了。

我脑海突然闪过以前跟明菁在一起时的情景。

而明菁的动作、明菁的话语、明菁的眼神，好像被放在显微镜下，不断扩大。

明菁对我，远超过秀枝学姐对子尧兄，以及孙樱对柏森啊。

"过儿，你在想什么？"

"姑姑，你……"

"我怎么了？"

"你头发好像剪短，变得更漂亮了。"

"呵呵，谢谢。你真细心。"

"姑姑。"

"什么事？"

"你……你真是一个很好的女孩子。"

"你又发神经了。"

"姑姑。"

"这次你最好讲出一些有意义的话，不然……"

明菁作势卷起袖子,走到书桌旁。

"你为什么对我这么好?"
明菁呆了一呆,放下手,凝视着我,然后低下头说:
"你乱讲,我……我哪有。"
"为什么对我这么好呢?"
"我怎么会知道?"
"那你是承认有啰?"
"别胡说。我对你最坏了,我常打你,不是吗?"
"那不叫打。那只是一种激烈的关怀动作。"
"我不跟你胡扯了,我要下楼找学姐。"

明菁转身要离开,我轻轻拉住她的袖子。
"干吗?"明菁低下头,轻声问。
"姑姑。"
"不要……不可以……"
"不要什么?不可以什么?"
"不要欺负我。也不可以欺负我。"
"我没有啊。"
"那你干吗拉着我?"
"只是希望你多待一会。"
"嗯。那你说话就可以了。"

我坐在书桌前,发愣;明菁站在书桌旁,僵着。
"干吗不说话?"明菁先突破沉默。
"我……"我突然失去用文字表达的能力。

"再不说话，我就要走了。"

"我只是……"我站起身，右手碰到书桌上的台灯，发出声响。

"小心。"明菁扶住了摇晃的台灯。

"咦？这是槲寄生吧？"

明菁指着我挂在台灯上的金黄色枯枝。

"没错。就是你送我的那株槲寄生。"

"没想到真的会变成金黄色。"明菁又看了看，"挂在这里做什么？"

"你不是说槲寄生会带来幸运与爱情？所以我把它挂在这里，念书也许会比较顺利。"

"嗯。"明菁点点头。

"过儿，我有时会觉得，你很像槲寄生。"

"啊？真的吗？"

"这只是我的感觉啦。我总觉得你不断地在吸收养分，不论是从书本上还是从别人身上，然后成熟与茁壮。"

"是吗？那我最大的寄主植物是谁呢？"

"这我怎么会知道？"

我想了一下："应该是你吧。"

"为什么？"

"因为我从你身上，得到最多的养分啊。"

"别胡说。"明菁笑了笑。

这是我第一次听到明菁说我像槲寄生，事实上也只有明菁说过。

虽然她可能只是随口说说，但当天晚上我却思考了很久。

从大学时代以来,在我生命中最常出现的人物,就是林明菁、李柏森、孙樱、杨秀枝与叶子尧。

除了叶子尧以外,所有人的名字,竟然都是"木"。

但即使是叶子尧,"叶子"也与树木有关。

这些人不仅影响了我,在不知不觉间,我似乎也从他们身上得到养分。

而我最大的寄主植物呢?

认识明菁之前,应该是柏森。

认识明菁后,恐怕就是明菁了。

明菁让我有自信,也让我相信自己是聪明而有才能的人;更让我不再觉得自己是奇怪的人,并尊重自己的独特性。

我,好像真的是一株槲寄生。

那么方荃呢?

方荃跟树木一点关系也没有啊。

可是会不会当我变为一株成熟的槲寄生时,却把所有的能量,给了荃呢?

明菁一共说过两次,我像槲寄生。

但她第二次说我像槲寄生时,却让我离开台南,来到台北。

第九支烟

请告诉我,怎样才能不折翼地飞翔
直奔你的方向
我已失去平衡的能力,困在这里
所有的心智,挣扎着呼吸
眼泪仿佛酝酿抗拒
缺口来时就会决堤
亲爱的你
我是多么思念你

"对不起,请让一让。"
火车靠站后,一个理着平头的男子走到车门边,点头示意。
我站起身,打开车门,先下了车,在月台等着。
大约有十人下车,最后下车的,是一个牵着小男孩的年轻妈妈。
"跟叔叔说再见。"年轻的妈妈说。
"叔叔,再见。"小男孩微笑道别。
是那个觉得我很奇怪的小男孩。

上车前,我转身看了一眼月台。
原来已经到了我的故乡——嘉义。
虽然从嘉义市到我家还得再坐一个钟头的公交车。

上了车,往车厢瞄一眼,车内空了一些。
离台南只剩五十分钟车程,索性就在车门边,等待。
打开车门,看了看天色。
不愧是台湾南部,虽然气温微寒,但毕竟已是晴天。

摘下眼镜,揉了揉眼睛,戴上眼镜。
掏出第九根烟,阅读。

"别担心。你待在原地,我会去找你。"
我对着烟上的字,自言自语。

火车正行驶在一望无际的嘉南平原上,举目所及,尽是农田。
这正是我小时候的舞台。
明菁曾说过,希望以后住在一大片绿色的草原中。
如果她出生在这里,应该会很快乐吧。
可惜这种景致对我而言,只是熟悉与亲切,并没有特别喜欢。
我对明菁,也是这种感觉吗?

而对于荃,我总有种说不出来的感觉。
那是一种非常熟悉,却又非常陌生的感觉。
熟悉的是上辈子的她,陌生的是这辈子的她。
颠倒过来说,好像也行。
如果浓烈的情感必须伴随着久远的时间,那么除了用上辈子就已认识来解释外,我想不出其他的解释。
这种说法像宿命论,违背了我已接受好几年的科学训练。
我愧对所学。

我总共念了十八年的书,最后几年还一直跟物理学的定律搏斗。
虽然书并没有念得多好,但要我相信上辈子记忆之类的东西,是不太可能的。
记忆这东西,既非物质,也非能量,如何在时空之间传输呢?
除非能将记忆数字化。
可是我的上辈子,应该没有计算机啊。

上辈子的记忆，早已不见；而这辈子的记忆，依旧清晰。

尤其是关于明菁的，或是荃的。

记得刚结束学生生涯时，面对接下来的就业压力，着实烦恼了一阵子。

我和柏森都不用当兵，我是因为深度近视，而柏森则是甲状腺功能亢进。

子尧兄已经当过兵，所以并没有兵役问题。

毕业后，在我们三人当中，他最先找到一份营造厂的工作。

秀枝学姐也顺利毕业，然后在台南市某公立高中，当语文科实习老师。

明菁准备念第三年研究所，轮到她面临赶论文的压力。

孙樱到彰化工作，渐渐地，就失去了联络。

她成了第一棵离开我的寄主植物。

柏森的家在台北，原本他想到新竹的科学园区工作。

可是当他在 BBS 的系版上，看到有个在园区工作的学长写的两首诗后，就打消回北部工作的念头。

第一首诗名：《园区旷男于情人节没人约无处去只好去上坟有感》

> 日夜辛勤劳碌奔，人约七夕我祭坟。
> 一入园门深似海，从此脂粉不沾身。

第二首诗名：《结婚喜宴有同学问我何时要结婚我号啕大哭有感》

毕业二十四，园区待六年。

一声成家否？双泪落君前。

后来柏森在高雄找到了一份工程顾问公司的工作。

他买了辆二手汽车，每天开车上下班，车程一小时十分，还算近。

我碰壁了一个月，最后决定回到学校，当研究助理。

晚上还会兼家教或到补习班当老师，多赚点钱。

虽然有各自的工作，但我、柏森、子尧兄和秀枝学姐，还是住在原处。

论文口试前，荃曾打电话给我。

在知道我正准备论文口试时，她问了口试的日期，然后说：

"请加油，我会为你祈祷的。我也只能这么做呢。"

用祈祷这种字眼有点奇怪，毕竟我又不是上战场或者进医院。

不过荃是这样的，用的文字虽然奇怪，却很直接。

毕业典礼过后，荃又打了电话给我。

刚开始吞吞吐吐了半天，我很疑惑，问她发生了什么事时，她说：

"你……你毕业成功了吗？"

"毕业成功？"我笑了起来，"托你的福，我顺利毕业了。"

"真好。"荃似乎松了一口气，"我还以为……以为……"

"你以为我不能毕业吗？"

"不是以为，是担心。"

"现在我毕业了，你高兴吗？"

"是的。"荃也笑了起来,"我很高兴。"

决定待在学校当研究助理后,我把研究室的书本和杂物搬到助理室。

煮咖啡的地点,也从研究室移到助理室。

虽然这个工作也有所谓的上下班时间,不过赶报告时,还是得加班。

因为刚离开研究生涯,所以我依然保有在助理室熬夜的习惯。

有时柏森会来陪我,我们会一起喝咖啡,谈谈工作和将来的打算。

有次话题扯得远了,提到了孙樱。

"你知道孙樱对你很好吗?"我问柏森。

"当然知道啊,我又不像你,那么迟钝。"

"那你怎么……"

"我是选择一个我喜欢的女孩子,又不是选择喜欢我的女孩子。"

柏森打断我的话,看了我一眼,接着说:

"菜虫,喜欢一个女孩子时,要告诉她;不喜欢一个女孩子时,也应该尽早让她知道。当然我所谓的喜欢,是指男女之间的那种喜欢。"

"哦。"我含糊地应了一声。

"你的个性该改一改了。"柏森喝了一口咖啡,望向窗外。

"为什么?"

"你不敢积极追求你喜欢的女孩子,又不忍心拒绝喜欢你的女孩子……"柏森回过头,"这种个性难道不该改?"

"真的该改吗?"

"你一定得改,不然会很惨。"

"会吗?"

"当然会。因为爱情是件绝对自私的事情,可是你却不是自私的人。"

"自私?"

"爱情不允许分享,所以是自私的。跟友情和亲情,都不一样。"

"忠于自己的感觉吧。面对你喜欢的女孩子,要勇于追求,不该犹豫;对喜欢你的女孩子,只能说抱歉,不能迁就。"

"柏森,为什么你今天要跟我说这些?"

"我们当了六年的好朋友,我不能老看你犹豫不决,拖泥带水。"

"我会这样吗?"

"你对林明菁就是这样。只是我不知道你到底喜不喜欢她。"

"我……"

我答不出话来。
拨开奶油球,倒入咖啡杯中,用汤匙顺时针方向搅动咖啡。
眼睛注视着杯中的漩涡,直到咖啡的颜色由浓转淡。
当我再顺时针轻搅两圈,准备端起杯子时,柏森疑惑地问:
"菜虫,你在做什么?你怎么一直看着咖啡杯内的漩涡呢?"
"我在……啊?"我不禁低声惊呼。
因为我在不知不觉中,竟做出了荃所谓的"思念"动作。
"可是,我在想谁呢?"我自言自语。

我好像又突然想起了荃。

已经两个月没看到荃,不知道她过得如何?

荃没有我助理室的电话,所以即使这段时间她打电话来,我也不知道。

当天晚上,我打开所有抽屉,仔细翻遍每个角落。

终于找到荃的名片。

可是找到了又如何呢?

我总以为打电话给女孩子,是需要理由和借口的。

或者说,需要勇气。

我犹豫了两天,又跑到以前的研究室等了两晚电话。

一连四天,荃在脑海里出现的频率愈来愈高,时间愈来愈长。

到了第五天,八月的第一个星期天中午,我拨了电话给荃。

到今天为止,我一直记得那时心跳的速度。

不知道为什么,我就是会觉得紧张、不安和焦虑。

尤其是听到荃的声音后。

"你好吗?"

"我……"

"怎么了?"

"没。我以为你生我的气。"

"没有啊,我为什么要生气?"

"因为我打电话都找不到你。"

"你拿笔出来,我给你新的电话号码。"

"嗯。"

"你声音好乱哟。"

"胡说。"荃终于笑了,"你才乱呢。"

"会吗?"

"你平常的声音不是这样的。"

"嗯?"

"你现在的声音,好像是把平常的声音跟铃铛的声音,融在一块。"

"融在一块?"

"嗯。我不太会形容那种声音,不过那表示你很紧张。"

"什么都瞒不过你。"我笑了起来。

"对不起,我待会还有事,先说再见了。"

"啊?抱歉。"

"没关系的。"

"那……再见了。"

"嗯。再见。"

挂断电话,我有种莫名其妙的失落感。

好像只知道丢掉了一件重要的东西,却又忘了那件东西是什么。

可能是因为这次和荃通电话,结束得有点仓促吧。

我在助理室发了一阵子呆,发现自己完全无法静下心来工作,于是干脆去看电影,反正是星期天嘛。

看完电影,回到家里,其他人都不在。

只好随便打包个盒饭,到助理室吃晚饭。

七点左右,我第一次在助理室接到了荃的电话。

"你……你好。"荃的声音很轻。

"怎么了?你的声音听起来怪怪的。"

"这里人好多，我不太习惯。"
"你在哪里呢？"
"我在台南火车站的月台上。"
"什么？你在台南？"
"嗯。中午跟你讲完电话后，我就来台南了。"
"你现在要坐火车回高雄？"
"嗯。"荃的声音听来还是有些不安。
"你的声音也跟铃铛的声音融在一块了哟。"
"别取笑我了。"
"抱歉。"我笑了笑。
"火车还有十五分钟才会到，在那之前，可以请你陪我说话吗？"
"不可以。"
"对……对不起。"荃挂上了电话。

我大吃一惊，我是开玩笑的啊。
我在电话旁来回走了三圈，心里开始默念，从一数到一百。
猜测荃应该不会再打来后，我咬咬牙，拿起摩托车钥匙，冲下楼。
直奔火车站。
学校就在车站旁边，骑车不用三分钟就可到达。
我将摩托车停在车站门口，买了张月台票，跑进月台。

月台上的人果然很多，不过大部分的人或多或少都有动作。
只有荃是静止的，所以我很快发现了她。
荃背靠着月台上的柱子，双手仍然提着黑色手提袋。
低下头，头发散在胸前，视线似乎注视着她的鞋子。

右鞋比左鞋略往前突出半个鞋身,依照她视线的角度判断,荃应该是在看着右鞋。

"你的鞋子很漂亮。"我走近荃,轻声说。
荃抬起头,眼睛略微睁大,却不说话。
"稍微站后面一点,你很靠近月台上的黄线了。"
荃直起身,背部离开柱子,退开了一步。
"对不起。刚刚在电话中,我是开玩笑的。"
荃咬了咬下唇,低下了头。

我举高双手,手臂微曲,手指接触,围成一个圆圈。
左手五指并拢,往四十五度角上方伸直。
右手顺着"Z"比画,写在空中。
然后双手交叉,比出一个"X"。
"你又在乱比了。对不起才不是这样比的。"荃终于开了口。
"我还没比完啊。我只比到宇宙超级霹雳无敌而已,对不起还没比。"
"那你再比呀。"
"嗯……我又忘了上次怎么比对不起了。"
我摸摸头,尴尬地笑了笑。荃看了看我,也笑了。

"宇宙超级霹雳无敌对不起。"
"嗯。"
"可以原谅我了吗?"
"嗯。"
"我以后不乱开玩笑了。"

"你才做不到呢。"

"我会这样吗?"

"你上次答应我,不会突然消失。你还不是做不到。"

"我没消失啊。只是换了电话号码而已。"

"嗯。"荃停顿了几秒,然后点点头。

"什么是宇宙超级霹雳无敌呢?"荃抬起头,好奇地问。

"就是非常到不能再非常的意思。"

"嗯?"

"在数学上,这是类似'趋近于'的概念。"

"我听不懂。"

"比方说有一个数,非常非常接近零,接近到无尽头,但却又不是零。我们就可以说它'趋近于'零。"

"嗯,我懂了。那宇宙超级霹雳无敌喜欢,就趋近于爱了。"

"轮到我不懂了。"

"因为我们都不懂爱,也不太可能会说出爱,只好用宇宙超级霹雳无敌喜欢,来趋近于爱了。"

火车进站了,所有人蜂拥而上,荃怯生生地跟着人潮上了车。

车厢内很拥挤,荃只能勉强站立着。

隔着车窗,我看到荃双手抓紧座位的扶手,缩着身,躲避走动的人。

荃抬起头,望向车外,视线慌张地搜寻。

我越过月台上的黄线,走到离她最近的距离,微微一笑。

我双手手掌向下,往下压了几次,示意她别紧张。

荃虽然点点头,不过眼神依然涣散,似乎有些惊慌。

好像是只受到惊吓的小猫，弓着身在屋檐下躲雨。

月台管理员摆摆手，叫我后退。
我看了看他，是上次我跳车时，对我训话的人。
当我正怀疑他还能不能认出我时，火车开动，我好像看到一滴水。
是从屋檐上面坠落的雨滴，还是由荃的眼角滑落的泪滴？
小猫？荃？雨滴？泪滴？

我花了两节车厢的时间，去思考这滴水到底是什么。
又花了两节车厢的时间，犹豫着应该怎么做。
"现在没下雨，而且这里也没小猫啊。"我暗叫了一声。
然后我迅速启动，绕过月台管理员，甩下身后的哨子声。
再闪过一个垃圾桶、两根柱子、三个人。
奔跑，加速，瞄准，吸气，腾空，抓住。
我跳上了火车。

"你……你有轻功吗？"
一个站在车门处背着绿色书包穿着制服的高中生，很惊讶地问我。
他手中的易拉罐饮料，掉了下来，洒了一地。
"阁下好眼力。我是武当派的，这招叫'梯云纵'。"
我喘口气，笑了一笑。

我穿过好几节车厢，到底有几节，我也搞不清楚。
像条鳗鱼在河海间，我洄游着。

"我来了。"我挤到荃的身边,轻拍她的肩膀,微笑说。

"嗯。"荃回过头,双手仍抓住扶手,嘴角上扬。

"你好像并不惊讶。"

"我相信你一定会上车的。"

"你知道我会跳上火车?"

"我不知道。"荃摇摇头,"我只知道,你会上车。"

"你这种相信,很容易出人命的。"我笑着说。

"可以……抓着你吗?"

"可以啊。"

荃放开右手,轻抓着我靠近皮带处的衣服,顺势转身面对我。

我将荃的黑色手提袋拿过来,用左手提着。

"咦?你的眼睛是干的。"

"我又没哭,眼睛当然是干的。"

"我忘了我有深度近视,竟然还相信自己的眼睛。"

"嗯?"

"没事。"我笑了笑,"你可以抓紧一点,车子常会摇晃的。"

"你刚刚在月台上,是看着你右边的鞋子吗?"

"嗯。"

"那是什么意思?"

"伤心。"荃看了我一眼,愣了几秒,鼻头泛红,眼眶微湿。

"对不起。我知道错了。"

"嗯。"

"那如果是看着左边的鞋子呢?"

"还是伤心。"

"都一样吗?"

"凡人可分男和女,伤心岂分左与右?"荃说完后,终于笑了起来。

随着火车行驶时的左右摇晃,荃的右手常会碰到我的身体。

虽然还隔着衣服,但荃总会不好意思地笑一笑,偶尔会说声对不起。

后来荃的左手,也抓着我的衣服。

"累了吗?"

"嗯。"荃点点头。

"快到了,别担心。"

"嗯。你在旁边,我不担心的。"

到了高雄,出了火车站,我陪着荃等公交车。

公交车快到时,我问荃:

"你这次还相不相信我会上车?"

"为什么这么问?"

"公交车行驶时会关上车门,我没办法跳上车的。"

"呵呵,你回去吧。你也累了呢。"

"我的电话,你多晚都可以打。知道吗?"

"嗯。"

公交车靠站,打开车门。

"我们会再见面的,你放心。"我将荃的手提袋,递给荃。

"嗯。"荃接过手提袋,欠了欠身,行个礼。

"上车后,别看着我。"

"嗯。你也别往车上看呢。"
"好。"

荃上了车,在车门边跟我挥挥手,我点点头。
我转身走了几步,还是忍不住回头望。
荃刚好也在座位上偏过头。
互望了几秒,车子动了,荃又笑着挥手。
直到公交车走远,我才又走进火车站,回台南。

出了车站,摩托车不见了,往地上看,一堆白色的粉笔字迹。
在一群号码中,我开始寻找我的车号,好像在看榜单。
嗯,没错,我果然"金榜题名"了。
考试都没这么厉害,一违规停车就中奖,真是悲哀的世道啊。

拖吊场就在我家巷口对面,这种巧合不知道是幸运,还是不幸。
不幸的是,我不能在我家附近随便停车。
幸运的是,不必跑很远去领被吊走的车。
拖吊费 200 元,保管费 50 元,违规停车罚款 600 元。
再加上来回车票钱 190 元,月台票 6 元,总共 1046 元。
玩笑果然不能乱开,这个玩笑的价值超过 1000 元。

后来荃偶尔会打电话来助理室,我会放下手边的事,跟她说说话。
荃不仅文字中没有面具,连声音也是,所以我很容易知道她的心情。
即使她所有的情绪变化,都非常和缓。

就像水一样，不管是波涛汹涌，还是风平浪静，水温并没有改变。

有时她因写稿而烦闷时，我会说说我当家教和补习班老师时的事。

我的家教学生是两个初一学生，一个戴眼镜，另一个没戴。
第一次上课时，为了测试他们的水平，我问他们：
"二分之一加上二分之一，等于多少？"
"报告老师，答案是四分之二。"没戴眼镜的学生回答。
在我还来不及惨叫出声时，戴眼镜的学生马上接着说：
"错！四分之二还可以约分，所以答案是二分之一。"
"你比较厉害呀，"我指着戴眼镜的学生，"你还知道约分。"
看样子，即使我教得再烂，他们也没什么退步的空间。
我不禁悲从中来。

在补习班教课很有趣，学生都是为了公务员的考试而来。
大部分学生的年纪都比我大，三四十岁的人，比比皆是。
第一次去上课时，我穿着牛仔裤和T恤，走上讲台，拿起麦克风。
"喂！少年仔！你混哪里的？站在台上干什么？欠揍吗？"
台下一个三十岁左右的人指着我，大声问。
"我是老师。"我指着我的鼻子。
"骗谁咧！你如果是老师，那我就是总统。"
他说完后，台下的学生哄堂大笑。
"这位好汉，即使你是总统，在这里，你也得乖乖地叫我老师。"

"赞！你这小子带种，叫你老师我认了。"

我的补习班学生大约有两百人，包罗万象。

有刚毕业的学生，有想换工作的上班族，还有想出来工作的家庭主妇。

有一个妇人还带着她的六岁女孩儿一起上课。

他们的目的，只是想追求一份较稳定的公家工作，毕竟经济不好。

学生的素质，或许有优劣；但认真的心情，不分轩轾。

在课堂上，我是老师；但对于人生的智慧，我则是他们的学生。

虽然有家教和补习班老师这类兼差，但留在学校当研究助理，毕竟不是长久之计。

柏森在高雄的工作，好像也做得不是很开心。

子尧兄则是随遇而安，即使工地的事务非常繁重，他总是甘之如饴。

秀枝学姐算是比较稳定，当完了实习老师，会找个正式的教职。

至于明菁，看到她的次数，比以前少了些。

在找不到工作的那一个月内，明菁总会劝我不要心急，要慢慢来。

当我开始做研究助理时，明菁没多说些什么，只是说有工作就好。

因为我和明菁都知道，研究助理这份工作只是暂时的，而且也不稳定。

虽然明菁的家在基隆,是雨城,可是她总是为我带来阳光。

那年的天气开始转凉的时候,我在客厅碰到明菁。
明菁右手托腮,偏着头,似乎在沉思,或者在烦闷。
沉思时,托腮的右手掌施力很轻,所以脸颊不太会凹陷。
但如果是烦闷,右手掌施力较重,脸颊会深陷。
我猜明菁是属于烦闷。

"姑姑,好久不见。"我坐了下来,在明菁身旁。
"给我五块钱。"明菁摊开左手手掌。
"为什么?"
"因为你好久没看到我了呀,所以要给我五块钱。"
"你可以再大声一点。"
"给——我——五——块——钱——!"
"你变白烂了。"我笑了起来。

"工作还顺利吗?"明菁坐直身子,问我。
"嗯,一切都还好。你呢?"
"我还好。只是论文题目,我很伤脑筋。"
"你论文题目是什么?"
"《关于<金瓶梅>的研究》。"
"真的假的?"
"呵呵,假的啦。"明菁笑得很开心。

明菁的笑声虽然轻,却很嘹亮,跟荃明显不同。

我竟然在明菁讲话时，想到了荃，这又让我陷入了一种静止状态。

"过儿，发什么呆？"

"哦。没事。"我回过神，"只是觉得你的笑声很好听而已。"

"真的吗？"

"嗯。甜而不腻，柔而不软，香而不呛，美而不艳，轻而不薄。"

"还有没有？"明菁笑着问。

"你的笑声可谓极品中的极品。此音只应天上有，人间哪得几回闻。"

我说完后，明菁看看我，没有说话。

"怎么了？"

"过儿，谢谢你。"

"为什么说谢谢？"

"你知道我心情不好，才会逗我的。"

"你应该是因为论文而烦恼吧？"

"嗯。"

"别担心。你看我这么混，还不是照样毕业。"

"谁都不能说你混，即使是你自己，也不可以说。"明菁抬高了语调。

"为什么？"

"你也是很努力在找工作呀，只是机运不好，没找到合适的而已。"

"姑姑……"

"过儿，找不到稳定的工作，并不是你的错。知道吗？"

"嗯。"

"你还年轻呀,等经济好一点时,就会有很多工作机会了。"

"姑姑,谢谢你。"

"不要说谢谢,要说对不起。"

"为什么?"

"你刚刚竟然说自己混,难道不该道歉?"

"嗯。我说错话了,对不起。"

"饿了吗?我们去吃饭吧。"明菁终于把语气放缓。

"好。"

"不可以再苛责自己了,知道吗?"

"姑姑,给我一点面子吧。"

"你在说什么?"

"今天应该是我安慰你,怎么会轮到你鼓励我呢?"

"傻瓜,"明菁敲一下我的头,"吃饭了啦!"

明菁是这样的,即使心情烦闷,也不会把我当垃圾桶。

她始终释放出光与热,试着照耀与温暖我。

明菁,你只知道燃烧自己,以便产生光与热。

但你可曾考虑过,你会不会因为不断地燃烧,而使自己的温度过高呢?

明菁,你也是个压抑的人啊。

新的一年刚来到时,柏森和子尧兄各买了一台个人电脑。

我们三人上网的时间,便多了起来。

我和柏森偶尔还会在网络上写小说,当作消遣。

以前我在网络上写的都是一些杂文,没什么特定的主题。
写小说后,竟然开始拥有所谓的"读者"。
偶尔会有人写信告诉我:"祝你的读者像台湾的垃圾一样多。"

明菁会看我写的东西,并鼓励我,有时还会提供一些意见。
她似乎知道,我写小说的目的,只是为生活中的烦闷寻找一个出口。
但我没有让荃知道,我在网络上写小说的事。

在荃面前,我不泄露生活中的苦闷与挫折。
在明菁面前,我隐藏内心深处最原始的情感。
虽然都是压抑,但压抑的施力方向,并不相同。

我的心里渐渐诞生了一个天平,荃和明菁分居两端。
这个天平一直处于平衡状态,应该说,是我努力让它平衡。
因为无论哪一端突然变重而下沉,我总会想尽办法在另一端加上砝码,让两端平衡。
我似乎不愿承认,总有一天,天平将会分出轻重的事实。
也就是说,我不想面对荃或明菁,到底谁在我心里占较重分量的状况。
这个脆弱的天平,在一个荃来找我的深夜,终于失去平衡的能力。

那天我在助理室待到很晚,凌晨两点左右,荃突然打电话来。
"发生了什么事吗?"
"没。只是想跟你说说话而已。"

"没事就好。"我松了一口气。

"还在忙吗?"

"嗯。不过快结束了。你呢?"

"我又写完一篇小说了呢。"

"恭喜恭喜。"

"谢谢。"荃笑得很开心。

这次荃特别健谈,讲了很多话。

我很仔细听她说话,忘了时间已经很晚的事实。

"很晚了呀。"在一个双方都停顿的空当,我看了看表。

"嗯。"

"我们下次再聊吧。"

"好。"荃过了几秒钟,才回答。

"怎么了?还有什么忘了说吗?"

"没。只是突然很想……很想在这时候看到你。"

"我也是啊。不过已经三点半了呀。"

"真的吗?"

"是啊。我的手表应该很准,是三点半没错。"

"不。我是说,你真的也想看到我?"

"嗯。"

"那我去坐车。"

"啊?太晚了吧?"

"你不想看到我吗?"

"想归想,可是现在是凌晨三点半啊。"

"如果时间很晚了,你就不想看到我了吗?"

"当然不是这样。"

"既然你想看我，我也想看你，"荃笑说，"那我就去坐车了。"
荃挂上了电话。

在接下来的一个小时里，我体会到度日如年的煎熬。
尤其是我不能离开助理室，只能枯等电话声响起。
这时已经没有火车，荃只能坐那种 24 小时行驶的客车。
在电话第一声铃响尚未结束之际，我迅速拿起话筒。
"我到了。"
"你在亮一点的地方等我，千万别乱跑。"
"嗯。"
我又冲下楼骑车，似乎每次将看到荃时，都得像百米赛跑最后的冲刺。

我在荃可能下车的地点绕了一圈，终于在 7-11 便利店门口，看到荃。
"你好。"荃笑着行个礼。
"先上车吧。"我勉强挤个笑容。
回助理室的路上，我并没有说话。
因为我一直思考着该怎样跟荃解释，一个女孩子坐夜车是很危险的事。

"喝咖啡吗？"一进到助理室，我问荃。
"我不喝咖啡的。"
"嗯。"于是我只煮一人份的咖啡。
荃静静地看着我磨豆，加水，蒸馏出一杯咖啡。
咖啡煮好后，倒入奶油搅拌时，荃对我的汤匙很有兴趣。

"这根汤匙很长呢。"

"嗯。用来搅拌跟舀起糖,都很好用。"

荃四处看看,偶尔发问,我一直简短地回答。

"你……"

"在。"荃停下所有动作,转身面对我,好像在等我下命令。

"怎么了?"

"没。你说话了,所以我要专心听呢。"

"你知不知道,你这样坐夜车很危险?"

"对不起。"

"我没责怪你的意思,我只是告诉你,你做了件很危险的事。"

"对不起。请你别生气。"荃低下头,似乎很委屈。

"我没生气,只是觉得……"我有点不忍心。

我话还没说完,只见荃低下头,泪水滚滚流出。

"啊?怎么了?"我措手不及。

"没。"荃停止哭泣,抬起头,擦擦眼泪。

"是不是我说错话了?"

"没。可是你……你好凶呢。"

"对不起。"我走近荃,低声说,"我担心你,所以语气重了些。"

"嗯。"荃又低下头。

我不放心地看着荃,也低下头,仔细注视她的眼睛。

"你……你别这样看着我。"

"嗯?"

"我心跳得好快……好快,别这样……看我。"

"对不起。"我不知道该怎么办,只能说声对不起。

"不是你的错。我不知道,它……"荃右手按住左胸,猛喘气,"它为什么在这时候,跳得这么快。"

"是因为累了吗?"

"不是的……不是的……"

"怎么会这样呢?"

"请不要问我……"荃抬头看着我,"你愈看我,我心跳得愈快。"

"为什么呢?"我还是忍不住发问。

"我不知道……不知道。"荃的呼吸开始急促,眼角突然又决堤。

"怎么了?"

"我……我痛……我好痛……我好痛啊!"

荃很用力地说完这句话。

我第一次听到荃用了惊叹号的语气,我很惊讶。

我下意识地摸了摸心脏,发觉它也是跳得很快。

只是我并没有感觉到痛楚。

曾经听人说,当你喜欢一个人时,会为她心跳。

从这个角度上说,荃因为心脏的缺陷,容易清楚知道为谁心跳。

而像我这种正常人,反而很难知道究竟为谁心跳。

"这算不算是,宇宙超级霹雳无敌喜欢……的感觉呢?"

"大概,可能,也许,应该,是吧。"

"你又压抑了……"

我再摸了一次心跳,愈跳愈快,我几乎可以听到心跳声。

"应该……是了吧。"

"嗯?"荃看着我,眼睛因泪光而闪亮着。

接触到荃的视线,我心里一震,微微张开嘴,大口地喘气。

我终于知道,我心中的天平,是向着荃的那一端,倾斜。

天平失去平衡没多久,明菁也从研究所毕业。

毕业典礼那天,明菁穿着硕士服,手里捧着三束花,到助理室找我。

"过儿,接住!"明菁摘下方帽,然后将方帽水平投向我。

我略闪身,用右手三根指头夹住。

"好身手。"明菁点头称赞。

"毕业典礼结束了吗?"

"嗯。"明菁将花束放在桌上,找把椅子,坐了下来,然后掏出手帕,擦擦汗,"天气好热呀。"

"你妈妈没来参加毕业典礼?"

"家里还有事,她先回去了。"

"哦。"我应了一声。

明菁将硕士服脱下,然后假哭了几声:

"我……我好可怜,刚毕业,却没人跟我吃饭。"

"你的演技还是没改进。"我笑了笑,"我请你吃饭吧。"

"要有冷气的店哟。"

"好。"

"唉……真是一波未平,一波又起呀。"明菁开始叹气,摇了摇头。

"又怎么了?"

"虽然可以好好吃顿饭,但吃完饭后,又如何呢?"明菁依旧哀怨。

"姑姑,你想说什么?"

"不知道人世间有没有一种地方,里面既有冷气又没光线,前面还会有很大的银幕,然后有很多影像在上面动来动去。"

"有。我们通常叫它电影院。"我忍住笑,"吃完饭,去看电影吧。"

"我就知道,过儿对我最好了。"明菁拍手叫好。

看着明菁开心的模样,想到心中的天平已经倾斜的事实,我不禁涌上强烈的愧疚感。右肩竟开始隐隐作痛。

明菁,从你的角度来说,对你最好的人,也许是我。

但对我而言,我却未必对你最好。

因为,还有荃啊。

"过儿,怎么了?"

"姑姑,你还有没有别的优点,是我不知道的?"

"呵呵,你想干吗?"

"我想帮你加上砝码。"

"砝码?"

"嗯。你这一端的天平,比较轻。"

"你在胡说八道什么?"

"不然你吃胖一点吧,看会不会变重。"

"别耍白烂了,吃饭去吧。"

明菁可能是因为终于毕业了,所以那天显得格外兴奋。
可是她笑得愈灿烂,我的右肩抽痛得愈厉害。
在电影院时,我根本没有心思看电影,只是盯着银幕发愣。
在银幕上移动的,不是电影情节,而是认识明菁四年半以来的点滴。

两个月后,经由老师的介绍,我进入了台南一家工程顾问公司上班。
柏森也辞掉高雄的工作,和我进了同一家公司。
子尧兄以不变应万变,而秀枝学姐也已在台南一所中学教课。
明菁搬离宿舍,住在离我们两条街的小套房。
和秀枝学姐一样,她也是先当实习老师。

我新装了一部电话,在我房内,方便让荃打电话来。
日子久了,柏森和子尧兄好像知道,有个女孩偶尔会打电话给我。
他们也知道,那不是明菁。
煮咖啡的地点,又从助理室移回家里。
我和柏森几乎每天都会喝咖啡,子尧兄偶尔也会要一杯,秀枝学姐则不喝。
喝咖啡时,柏森似乎总想跟我说些什么,但最后会以叹口气收场。

新的工作我很快便适应,虽然忙了点,但还算轻松。

过日子的方式,没什么大改变。唯一改变的是,我开始抽烟。但我始终记不得从什么时候开始抽第一根烟。

如果你问我为什么抽烟,我和很多抽烟的人一样,可以给你很多理由。

日子烦闷啦,加班时大家都抽啦,在工地很少不抽的啦,等等。

但我心里知道,那些都是借口。

我只知道,当右肩因为明菁而疼痛时,我会抽烟。

当心跳因为荃而加速时,我也会抽烟。

我记得明菁第一次看到我抽烟时,那惊讶的眼神。

"过儿!"

"姑姑,我知道。"

"知道还抽!"

"过阵子,会戒的。"

"戒烟是没有缓冲期的。"明菁蹙起眉头,叹口气,"不要抽,好吗?"

"好。"我勉强挤出微笑。

"是不是在烦恼些什么呢?"明菁走近我,轻声问。

明菁,我可以告诉你,我不忍心看到你的眼神吗?

荃第一次看到我抽烟时,除了惊讶,还有慌张。

"可不可以,别抽烟呢?"

"嗯。"

"抽烟,很不好呢。"

"嗯。"

"我没别的意思,只是担心你的身体。"
"我知道。"
"你抽烟时的背影,看起来,很寂寞呢。"
荃,你在身旁,我不寂寞的,我只是自责。

我心中的天平,虽然早已失去平衡,但仍旧存在着。
落下的一端,直接压向我左边的心脏。
而扬起的一端,却刺痛我右边的肩膀。

1999年初,我和柏森要到香港出差五天,考察香港地铁的排水系统。
临行前,明菁在我行李箱内塞进一堆药品。
"那是什么?"
"出门带一点药,比较好。"
"这已经不是'一点',而是'很多'了。"
"哎呀,带着就是了。"
"可是……"我本想再继续说,可是我看到了明菁的眼神。
还有她手指不断轻轻划过的,揪紧的眉。
我想,我最需要的药,是右肩的止痛药。

从香港回来后,接到荃的电话。
"你终于回来了。"
"你又用'终于'了哟。我才出去五天而已。"
"嗯。"
"香港有个地方叫'荃湾',跟你没关系吧?"
"没。"

"怎么了？你好像没什么精神。"

"因为我……我一直很担心。"

"担心什么？"

"你走后，我觉得台湾这座岛好像变轻了。我怕台湾会在海上漂呀漂的，你就回不来了。"

荃，台湾不会变轻的。因为我的心，一直都在。

没多久，明菁结束实习老师生涯，并拿到了台南市一所女子高中的教师任用资格，当上正式老师。

"为什么不回基隆任教？"

"留在台南陪你，不好吗？"明菁笑了起来。

我不知道这样是好，还是不好。

因为我喜欢明菁留在台南，却又害怕明菁留在台南。

如果我说"喜欢"，我觉得对不起荃。

如果我竟然"害怕"，又对不起明菁。

也许是内心的挣扎与矛盾，得不到排遣，我开始到子尧兄的房间看书。

我通常会看八字或紫微斗数之类的命理学书籍。

因为我想知道，为什么我会有这种犹豫不决的个性？

"你怎么老看这类书呢？"子尧兄指着我手中一本关于命理学的书。

"只是想看而已。"

"命理学算是古人写的一种模式，用来描述生命的过程和轨迹。"

子尧兄合上他正阅读的书本，放在桌上，走近我：

"这跟你用数学模式描述物理现象，没什么太大差别。"

"嗯。"

"它仅是提供参考而已，不必太在意。有时意志力尚远胜于它。"

"嗯。"

"我对命理学还算有点研究，"子尧兄看看我，"说吧，碰到什么问题呢？感情吗？"

"子尧兄，我可以问你吗？"

"当然可以。不过如果是感情的事，就不用问我了。"

"为什么？"

"你爱不爱她，这要问你；她爱不爱你，这要问她。你们到底相不相爱，这要问你们，怎么会问我这种江湖术士呢？如果你命中注定林明菁适合你，可是你爱的却是别人，你该如何？只能自己下决心而已。"

"子尧兄，谢谢你。"原来他是在点化我。

"痴儿啊痴儿。"子尧兄拍拍我的头。

子尧兄说得没错，我应该下决心。

天平既已失去平衡，是将它拿掉的时候了。

在一个星期六中午，我下班回家，打开客厅的落地窗。

"过儿，你回来了。"

"姑姑，这是……"我看到客厅内还坐着七个高中女生，有点惊讶。

"她们是学校的校刊社成员,我带她们来这里讨论事情,不介意吧?"

"当然不介意。"我笑了笑。

"姑姑、过儿。"有一位绑马尾的女孩子高喊,"杨过与小龙女!"

"好美啊。""真浪漫。""感人呀。""太酷了。""缠绵哟。"

其余六个女孩子开始赞叹着。

"老师当小龙女是绰绰有余,可是这个杨过嘛,算是差强人意。"

有一个坐在明菁旁,头发剪得很短的女孩子,低声向身旁的女孩说。

我轻咳了两声:"我耳朵很好哟。"

"是呀。您的五官中,也只有耳朵最好看。"

短发女孩说完后,七个女孩子笑成一团。

"不可以没礼貌。"明菁笑说,"这位蔡大哥,人很好的。"

"老师心疼了哟。""真是鹣鲽情深呀。""还有夫唱妇随哟。"

七个女孩子又开始起哄。

短发女孩站起身说:"我们每人给老师和蔡大哥祝福吧。我先说……"

"白头誓言需牢记。"

"天上地下,人间海底,生死在一起。"

"若油调蜜,如胶似漆,永远不分离。"

"天上要学鸟比翼,地下愿做枝连理,祸福两相依。"

"深深爱意有如明皇贵妃不忍去。"

"浓浓情谊恰似牛郎织女长相忆。"

"愿效仲卿兰芝东南飞，坚贞永不移！"

七个女孩，一人说一句。

"我们今天不是来讨论《神雕侠侣》的。"

明菁虽然笑得很开心，但还是保持着老师应有的风范。

"老师，你跟耳朵很好的蔡大哥是怎么认识的？"绑马尾的女孩说。

"说嘛说嘛。"其他女生也附和着。

明菁看看我，然后笑着说：

"我跟他呀，是联谊的时候认识的。那时我们要上车前，要抽……"

明菁开始诉说我跟她第一次见面时候的事。

她说得很详尽，有些细节我甚至已经忘记了。

明菁边说边笑，她那种快乐的神情与闪亮的眼神，我永远忘不掉。

折腾了一下午，七个女生终于要走了。

"别学陈世美哟。""要好好对老师哟。""不可以花心哟。"

她们临走前，还对我撂下这些狠话。

"过儿，对不起。我的学生很顽皮。"学生走后，明菁笑着道歉。

"没关系。高中生本来就应该活泼。"我也笑了笑。

"过儿，谢谢你。你并没有否认。"明菁低声说。

"否认什么？"

明菁看看我，红了脸，然后低下头。

我好像知道，我没有否认的，是什么东西了。

原来我虽然可以下定决心。
但我却始终不忍心。

过了几天，荃又到台南找她的写稿伙伴。
在她回高雄前，我们相约吃晚饭，在我第一次看见荃的餐馆。
荃吃饭时，常常看着餐桌上花瓶中的花，那是一朵红玫瑰。
离开餐馆时，我跟服务生要了那朵红玫瑰，送给荃。
荃接过花，怔怔地看了几秒，然后流下泪来。

"怎么了？"
"没。"
"伤心吗？"
"不。我很高兴。"荃抬起头，擦擦眼泪，破涕为笑，"你第一次送我花呢。"
"可是这不是我买的。"
"没差别的。只要是你送的，我就很高兴了。"
"那为什么哭呢？"
"我怕这朵红玫瑰凋谢，只好用我的眼泪，来涵养它。"

我回头看看这家餐馆，这不仅是我第一次看见荃的地方，也是我和明菁在一天之中，连续来两次的地方。
人们总说红玫瑰代表爱情，可是如果红玫瑰真能代表爱情，那用来涵养这朵红玫瑰的，除了荃的泪水，恐怕还得加上我的。
甚至还有明菁的。

秋天到了，台湾南部并没有秋天一定得落叶的道理，只是天气不再燠热。

我在家赶个案子,好不容易弄得差不多,伸个懒腰,准备煮杯咖啡。

在操作台洗杯子时,电话响起,一阵慌张,汤匙掉入排水管。

回房间接电话,是荃打来的。

"你有没有出事?"
"出事?没有啊。为什么这么问?"
"我刚刚,打破了玉镯子。"
"很贵重吗?"
"不是贵不贵的问题,而是我戴着它好几年了。"
"哦。打破就算了,没关系的。"
"我不怎么心疼的,只是担心你。"
"担心我什么?"
"我以为……以为这是个不好的预兆,所以才问你有没有出事。"
"我没事,别担心。"
"真的没有?"荃似乎很不放心。

"应该没有吧。不过我用来喝咖啡的汤匙,刚刚掉进排水管了。"
"那怎么办?"
"暂时用别的东西代替啊,反正只是小东西而已。"
"嗯。"
"别担心,没事的。"
"好。"
"吃饭要拿筷子,喝汤要用汤匙,知道吗?"

"好。"

"睡觉要盖棉被,洗澡要脱衣服,知道吗?"

"好。"荃笑了。

隔天,天空下着大雨,荃突然来台南,在一家咖啡器材店门口等我。

"你怎么突然跑来台南呢?"

荃从手提袋里拿出一根汤匙,跟我弄丢的那根一模一样。

"你的汤匙是不是长这样?我只看过一次,不太确定的。"

"没错。"

"我找了十几家店,好不容易找到呢。"

"我每到一家店,就请他们把所有的汤匙拿出来,然后一根一根找。"

"后来,我还画了一下呢。"

荃说完一连串的话后,笑了笑,掏出手帕,擦擦额头的雨水。

"可是你也不必急着在下雨天买啊。"

"我怕你没了汤匙,喝咖啡会不习惯。"

我望着从荃湿透的头发渗出而在脸颊上滑行的水珠,说不出话。

"下雨时,不要只注意我脸上的水滴,要看到我不变的笑容。"荃笑了起来,"只有脸上的笑容,是真实的呢。"

"你全身都湿了。为什么不带伞呢?我会担心你的。"

"我只是忘了带伞,不是故意的。"

"你吃饭时会忘了拿筷子吗?"

"那不一样的。"荃将湿透的头发顺到耳后,"筷子是为了吃饭而存在的,但雨伞却不是为了见你一面而存在的。"

"可是……"

"对我而言,认识你之前,前面就是方向,我只要向前走就行。"

"认识我之后呢?"

"你在的地方,就是方向。"

荃虽然浅浅地笑着,但我读得出她笑容下的坚毅。

三天后,也就是1999年9月21日,在凌晨1点47分,台湾发生了震惊世界的集集大地震。

当时我还没入睡,下意识的动作,是扶着书架。

地震震醒了我、柏森、子尧兄和秀枝学姐。

我们醒来后第一个动作,就是打电话回家询问状况。

明菁和荃也分别打电话给我,除了受到惊吓外,她们并没损伤。

我、柏森和秀枝学姐的家中,也算平安。

只有子尧兄,家里的电话一直没人接听。

那晚的气氛很紧绷,我们四人都没说话,子尧兄只是不断在客厅踱步。

五点多又有一次大规模的余震,余震过后,子尧兄颓然坐下。

"子尧兄,我开车载你回家看看吧。"柏森开了口。

"我也去。"我接着说。

"我……"秀枝学姐还没说完,子尧兄马上向她摇头,"那地方太危险,你别去了。"

一路上的车子很多，无论是在高速公路还是省道上。

透过后视镜，我看到子尧兄不是低着头，就是瞥向窗外，不发一言。

子尧兄的家在南投县的名间乡，离震中很近。

经过竹山镇时，两旁尽是断壁残垣，偶尔还会传来哭声。

子尧兄开始喃喃自语，听不清楚他说什么。

当我们准备穿过横跨浊水溪的名竹大桥，到对岸的名间乡时，在名竹大桥竹山端的桥头，我们停下车子，被眼前的景象震慑住。

名竹大桥多处桥面坠落，桥墩也被压毁或严重倾斜。

桥头拱起约三米，附近的地面也裂开了。

子尧兄下车，遥望七百米外的名间乡，突然双膝跪下，抱头痛哭。

后来我们绕行集集大桥，最后终于到了名间。

子尧兄的家垮了，母亲和哥哥的尸体已找到，父亲还被埋在瓦砾堆中。

嫂嫂受了重伤，进了医院，五岁的小侄子奇迹似的只有轻伤。

我们在子尧兄残破的家旁边，守了将近两天。

日本救援队来了，用生命探测仪探测，确定瓦砾堆中已无生命迹象。

他们表示，若用重机械开挖，可能会伤及遗体，请家属定夺。

子尧兄点燃两炷香，烧些纸钱，请父亲原谅他的不孝。

日本救难队很快挖出子尧兄父亲的遗体，然后围成一圈，向死者致哀。

离去前，日本救援队员还向子尧兄表达歉意。

子尧兄用日文说了谢谢。

子尧兄告诉我们,他爷爷在二战时,被日本人拉去当壮丁。
回家后,瘸了一条腿,从此痛恨日本人。
受此影响,他父亲也非常讨厌日本人。
"没想到,最后却是日本人帮的忙。"
子尧兄苦笑着。

之后子尧兄常往返于南投与台南之间,也将五岁的侄子托我们照顾几天。
那阵子,只要有余震发生,子尧兄的侄子总会尖叫哭喊。
我永远忘不了那种凄厉的啼哭声。
没多久,子尧兄的嫂嫂受不了打击,在医院上吊身亡。
当台湾的老百姓,还在为死者善后、为生者抚慰心灵时,台湾的政治人物,却还没忘掉 2000 年的所谓选举。

地震过后一个多月的深夜,我被楼下的声响吵醒。
走到楼下,子尧兄的房间多了好几个纸箱子。
"菜虫,这些东西等我安定了,你再帮我寄过来。"
"子尧兄,你要搬走了?"
"嗯。我把工作辞了,回南投。我得照顾我的小侄子。"
子尧兄一面回答,一面整理东西。
我叫醒柏森,一起帮子尧兄收拾。

"好了,都差不多了。剩下的书,都给你们吧。"子尧兄说。
我和柏森看着子尧兄,不知道该说什么。

"来,一人一块。"子尧兄分别给我和柏森一个混凝土块。

"这是?"柏森问。

"我家的碎片。如果以后你们从政,请带着这块东西。"

"嗯?"我问。

"地震是最没有族群意识的政治人物,因为在它之下死亡的人,是不分籍贯、民族的。"

我和柏森点点头,收下混凝土块。

子尧兄要去坐车前,秀枝学姐突然打开房门,走了出来。

"你就这样走了,不留下一句话?"秀枝学姐说。

"你考上研究所时,我送你的东西,还在吗?"

"当然在。我放在房间。"

"我要说的,都说在里面了。"子尧兄提起行李,跟秀枝学姐挥挥手,"再见了。"

我和柏森送走子尧兄后,回到客厅。

秀枝学姐坐在椅子上,看着子尧兄送给她的白色方形陶盆,发呆。

"到底说了些什么呢?"秀枝学姐自言自语。

我和柏森也坐下来,仔细端详一番。

"啊!"我突然叫了一声,"我知道了。"

"是什么?"柏森问我。

"我爱杨秀枝。"

"啊?"秀枝学姐很惊讶。

我指着"明镜台内见真我"的"我"和"紫竹林外山水秀"的"秀",

还有"无缘大慈,同体大悲。乃大爱也"的"爱"。

"我爱秀?然后呢?"柏森问。

"观世音菩萨手里拿的,是什么?"我又指着那块神似观世音的石头。

"杨枝啊。"柏森回答。

"合起来,不就是'我爱杨秀枝'?"

秀枝学姐听完后,愣在当地。过了许久,好像有泪水从眼角流出。

她马上站起身,冲回房间,关上房门。

几分钟后,她又出了房门,红着眼,把陶盆搬回房间。

连续两个星期,我没听到秀枝学姐说话。

从大一开始,跟我当了八年室友的子尧兄,终于走了。

他成了第二棵离开我的寄主植物。

子尧兄走后,我常想起他房间内凌乱的书堆。

"痴儿啊痴儿。"子尧兄总喜欢摸摸我的头,然后说出这句话。

虽然他只大我五岁,我有时却会觉得,他是我的长辈。

他曾提醒我要下定决心,我的决心却总在明菁的眼神下瓦解。

子尧兄,我辜负你的教诲。

当秀枝学姐终于开口说话时,我又接到荃的电话。

这阵子因为子尧兄和地震,荃很少打电话来。

听到荃的声音,又想到子尧兄和秀枝学姐的遗憾,我突然很想看到荃。

"你最近好吗?"

"可以见个面吗?"

"你……"

"怎么了?不可以吗?"

"不不不……"荃的声音有点紧张,很快接着说,"只是你从没主动先说要见我,我……我很惊讶。"

"只有惊讶吗?"

"还有……还有我很高兴。"荃的声音很轻。

"还有没有?"我笑着说。

"还有'可以见个面吗?'是我的台词,你抢词了呢。"荃也笑了。

"那……可以吗?"

"嗯。我明天会坐车到台南。"

"有事要忙吗?"

"嗯。我尽量在五点结束,那时我在成大校门口等你,好吗?"

"好的。"

"明天见。"

"嗯。"

枉费我当了那么多年的成大学生,竟然还搞不清楚状况。

除了安南校区,成大在台南市内,起码还有六七个校区。

每个校区即使不算侧门,也还有前门和后门。

那么问题又来了,所谓的"成大校门口"是指哪里?

我只好骑着摩托车,在每个可以被称为"成大校门口"的地方,寻找荃。

终于在第八个校门口,看到荃。

"对不起,让你久等。"我跑近荃,气喘吁吁。
"久吗?"荃看了看手表,"还没超过五点十分呢。"
"是吗?"我笑了笑,"我好像每次都让你等,真不好意思。"
"没关系的。我已经习惯了等你的感觉,我会安静的。"
"安静?"
"嗯。我会静静地等,不会乱跑。你可以慢慢来,不用急。"

"如果我离开台南呢?"
"我等你回台南。"
"如果我离开台湾呢?"
"我等你回台湾。"
"如果我离开地球到火星探险呢?"
"我等你回地球。"
"如果我离开人间呢?"
"还有下辈子,不是吗?"

荃,你真的,会一直等待吗?

第十支烟

我对你的思念

不知道从何时开始

可是,不假

并以任何一种方式,源远流长

亲爱的你

无论多么艰难的现在,终是记忆和过去

我会一直等待

为你

第十根烟,也是烟盒里最后一根烟。

再用右手食指往烟盒里掏掏看,的确是最后一根烟了。

看了看表,从踏上这班火车到现在,刚好过了四小时又四十四分钟。

很有趣的数字。

我只敢说"有趣",不敢说"不吉利",因为我实在需要运气。

剩下的车程,只有大约二十分钟而已。

快回到台南了。

我、柏森、子尧兄、秀枝学姐、孙樱和明菁六个人,都曾在台南求学或就业多年,后来也分别离开台南。

我是最晚离开台南的人,却最早回来。

其他五人,也许会回台南,也许不会,人生是很难讲的。

倒是荃,原本不属于台南,但却搬到台南。

子尧兄离开台南一个月后,荃决定搬到台南。

"为什么要搬到台南呢?"我问荃。

"我只想离你比较近。"

"可是你在高雄那么久了。"

"住哪儿对我来说,都一样的。"

"这样好吗?"

"没关系的。以后如果你想见我,我就可以很快让你看到呢。"

"高雄到台南,不过一小时车程。差不了多少啊。"

"我知道等待的感觉,所以我不愿让你多等,哪怕只是一个小时。"

荃的嘴角上扬,嘴型的弧线像极了上弦月。

"那你还是一个人住?"

"嗯。"

"不会孤单吗?"

"我一个人不孤单。想你时,才会孤单。"

"你……"我很想说些什么,但一时之间却找不到适当的文字。

"如果你也不想让我等待……"荃顿了顿,接着说,"当你去火星探险时,请你用绳子将我们绑在一起。"

荃的茶褐色眼睛射出光亮。我下意识地触摸我的心跳,无法说话。

荃搬到台南三天后,明菁任教的学校校庆,她邀我去玩。

"过儿,明天我们学校校庆,还有园游会哟。来玩吧。"

"姑姑,我会怕你的宝贝学生呢。"

"咦?你说话的语气为什么这么怪?干吗用'呢'。"

"我……"接触到明菁的视线,我下意识地抓住右肩。

"一个大男生怎么会怕高中女生呢?"明菁似乎没有发现我的动作。

"可是……"

"过儿，来玩嘛。别胡思乱想了。"

我看了看明菁的眼神，缓缓地点了点头。

我并非害怕明菁学生的顽皮。我怕的是，她们的纯真。

她们纯真的模样，总会让我联想到，我其实不是杨过，而是陈世美。

隔天上午，我晃到明菁的学校。

原本从不让男生进入校园的女校，今天特别恩准男生参观。

女校其实也没什么特殊的地方，只是很难找到男厕所而已。

不过女校的男厕所非常干净，偶尔还可以看见蜘蛛在墙角结网。

我远远看到明菁她们的摊位，人还未走近，就听到有人大喊："小龙女老师，你的不肖徒弟杨过来了！"

是那个头发剪得很短的女孩。

明菁似乎正在忙，抬起头，视线左右搜寻，发现了我，笑着向我招手。

我走进明菁的摊位，几个女学生招呼我坐着。

"杨先生，请坐。"有个看起来很乖巧的女孩子微笑着对我说。

"他不姓杨啦，他会被叫成杨过只是个讽刺性的悲哀而已。"

短发的女孩又开了口。

"讽刺性的悲哀？"乖巧的女孩很好奇。

"他叫杨过，难道不讽刺？悲哀的是，竟然是美丽的林老师叫的呀。"

这个短发的女孩子，好像跟我有仇。

"不要胡说。"明菁笑着斥责。端了两杯饮料坐在我身旁。

在明菁一群学生狐疑的眼光和议论的声音中,我和明菁坐着聊天。

"A flower inserts in the bull shit."(一朵鲜花插在牛粪上。)

唉,我的耳朵真的很好,又听到一句不该听到的话。

顺着声音传来的方向看过去,短发的女孩跟我比个"V"的手势。

"姑姑,"我偷偷指着那个短发女孩,"你可以给她的语文不及格吗?"

"呵呵。别跟小孩子一般见识。你以前跟她一样,嘴巴也是很坏。"

"我以前的嘴巴很坏吗?"

"嗯。"明菁笑了笑。

"现在呢?"

"现在不会了。毕竟已经六年了。"

"六年?"

"过儿,过儿,你在哪儿?"明菁的双手圈在嘴边,压低声音,"姑姑找你找得好苦。"

那是我和明菁第一次见面时,她拿着小龙女卡片,寻找杨过的情景。

我突然惊觉,六年前的今天,正是我第一次看见明菁的日子啊。

我记得那时明菁身穿橘黄色毛衣,头戴发箍,带着冬日的朝阳走向我。

已经六年了啊,怎么却好像昨天一样?

明菁昨日还是青春活泼的大学生,今日却已执起教鞭,当上老师。

岁月当真这么无情?

"过儿,时间过得真快。对吧?"

"嗯。"

"你也长大了。"明菁突然很感慨。

"怎么说这么奇怪的话?好像我是小孩子一样。"我笑着说。

"你本来就是小孩子呀。"明菁也笑了。

"现在不是了吧?"

"你一直是的。"明菁右边的眉毛,又抽动了一下。

"过儿,走吧。我带你到处看看。"明菁站起身。

"老师,你们牵个手吧,不然拥抱一下也行。让我们开开眼界嘛!"

短发的女孩又带头起哄。

"你的语文成绩,"明菁指着她说,"恐怕会很危险了。"

我很高兴,轮到我朝着短发女孩,比个"V"的手势。

"不过姑姑啊,"我指着短发女孩,"她讲的,也不无道理。"

"过儿!"明菁敲了一下我的头。

"老师……"短发女孩似乎很紧张她的语文成绩。

"就只有你会开玩笑吗?"明菁笑了笑,"老师也会呀。"

明菁带着我,在校园内逛了一圈,后来索性离开校园,到外面走走。

一路上，我不断想起以前跟明菁夜游、爬山时的情景。

第一次要开口约明菁看电影时，我们也是这样走着。

我突然感觉，我不是走出学校，而是走进从前。

"过儿，为什么你总是走在我左边呢？"明菁转头问我。

"因为你走路时，常常很不专心。"

"那又怎么样呢？走路时本来就该轻松呀。"

"可是左边靠近马路，如果你不小心走进车道，会有危险。"

明菁停下脚步，把我拉近她，笑着说：

"过儿，你知道吗？你真的是个善良的人。"

"会吗？还好吧。"

"虽然大部分的人都很善良，但你比他们更善良哟。"明菁微笑着。

而冬日温暖的阳光，依旧从她的身后，穿过她的头发，射进我的眼睛。

我第一次听到明菁形容我善良。

可是当我听到"善良"，又接触到明菁的眼神时，我突然涌上一种罪恶感。

"我待会还得回学校，中午不能陪你，我们晚上再一起吃饭吧。"

"好。"

"今天是个重要的日子，要挑个值得纪念的地方哟。"

"嗯。"

"那你说说看，我们今晚去哪里吃呢？"

我当然知道明菁想去那家我们一天之中吃了两次的餐馆。

晚上吃饭时，明菁穿了件长裙。

是那种她穿起来刚好，而孙樱穿起来却会接近地面的长度。

我仔细看了一下，没错，是我们第一次看电影时，她穿的那件。

往事愈温馨，我的罪恶感就会愈重。

而明菁右手上的银色手链，随着她的手势，依然像一道银色闪电，在我心里，打着雷，下着雨。

这让我那天晚上，失了眠。

2000年来临，柏森找了一个新房客，来顶替子尧兄房间的缺。

秀枝学姐知道后，碎碎念了半天，连续好几天不跟柏森说话。

我想，秀枝学姐似乎还抱着一线希望，等待子尧兄再搬回来。

我第一次看到新室友时，她正在子尧兄的房间内打扫。

我走进去打声招呼，她放下拖把，拨了拨头发：

"我比你小三届，可以叫你学长吗？"

"当然可以啰。"

她的声音非常尖细，发型跟日剧《悠长假期》里的木村拓哉很像。

"学妹，我就住你楼上。欢迎你搬来。"

她似乎有些惊讶，不过马上又笑了起来。

我带她看看房子四周，再说明一下水电瓦斯费的分摊原则。

"学妹，明白了吗？"

"嗯。"

"如果还有不清楚的，随时可以找我。不用客气的，学妹。"

"学长，我想问你一件事，听说你近视程度很深？"

"是啊。"我笑了笑,"你怎么知道呢?"

"因为我是学弟,不是学妹。"

我张大嘴巴,久久不能合上。

"对……对不起。"

"学长,别介意,常有人认错的。"他笑了起来。

"真是不好意思。"我搔了搔头。

"不过像学长这么夸张的,我还是第一次碰到。"

"为了表示歉意,我晚上请你吃饭吧,学弟。"

"好啊。我恭敬不如从命了。"

这个学弟小我三岁,有两个女朋友,绰号分别是"瓦斯"和"比萨"。

"为什么会这么叫呢?"我问他。

"当你打电话叫瓦斯或比萨时,是不是会在二十分钟内送来?"

"对啊。"

"我只要一打电话,她们就会马上过来,所以这就是她们的绰号。"

他说完后,很得意地笑。

"学弟,你这样会不会有点……"我不知道该用什么文字形容这种错误。

"学长,你吃饭只吃菜不吃肉吗?即使吃素,也不可能只吃一种菜啊。"他又笑了起来,将两手伸出,"而且我们为什么会有两只手呢?这是提醒我们应该左拥右抱啊。"

我不禁有些感慨。

我这个年纪,常被年长一点的人视为新新人类,爱情观既快餐又开放。

但我仍然坚持着爱情世界里一对一的根本规则,不敢逾越。

若濒临犯规边缘,对我而言,有如犯罪。

可是对学弟来说,这种一对一的规则似乎不存在。

如果晚一点出生,我会不会比较轻松而快乐呢?

我想,我应该还是属于遵守规则的那种人,不然我无法心安。

为了心安,我们需要有道德感。

可是往往有了道德感后,我们便无法心安。

我陷入这种吊诡之中。

我应该喜欢明菁,因为我先遇见明菁、明菁几乎是个完美的女孩、明菁没有做错事、认识明菁已经超过六年、明菁对我莫名其妙地好。

所以,喜欢明菁才是"对"的。

然而,我喜欢的女孩子,却是荃。

喜欢荃,好像是"错"的。

也许,在别人的眼里看来,我和学弟并无太大的区别。

差别只是,学弟享受左拥右抱的乐趣;而我却不断在"对"与"错"的旋涡中,挣扎。

瓦斯与比萨,可以同时存在。可是对与错,却只能有一种选择。

人生的选择题,我一直不擅长写答案。

不是不知道该选择什么,而是不知道该放弃什么。

在选择与放弃的矛盾中,我的工作量多了起来,周末也得工作整天。

荃虽然搬到台南,但我们见面的频率,并没有比以前多。

她似乎总觉得我处于一种极度忙碌的状态,于是不敢开口说见面。

事实上,每次她打电话来时,我通常也刚好很忙。

不过荃总是有办法在我最累的时候,让我拥有微笑的力气。

"如果这一切都是在做梦,你希望醒来时是什么时候?"

有一次在上班时,荃打电话给我,这么问。

"嗯……我没想过这个问题。你呢?你希望是什么时候?"

"我先问你的。"

"你还是可以先说啊,我不介意的。"

"不可以这么狡猾的。"

"好吧。我希望醒来时是三年前的今天。"

"原来你……你还记得。"

"我当然记得。三年前的今天,我第一次看到你。"我笑了笑,"你绕了这么大圈,就是想问我记不记得这件事吗?"

"嗯。"荃轻声回答。

我怎么可能会忘掉第一次看见荃时的情景呢?

虽然已经三年了,我还是无法消化当初那种震惊。

可是我有时会想,如果没遇见荃,日子会不会过得快乐一点?

起码我不必在面对荃时,愧对明菁。

也不必在面对明菁时,觉得对不起荃。

更不必在面对自己的良心时,感到罪恶。

不过我还是宁愿选择有荃时的折磨,而不愿选择没有荃时的快乐。

"那……今晚可以见面吗?"
"好啊。"
"如果你忙,不必勉强的。"
"我没那么忙,我们随时可以见面的。"
"真的吗?"
"嗯。"
"那我们去第一次见面时的餐馆吃饭,好吗?"
"好。"虽然我在心里叹了一口气,却努力在语气上传达兴奋的讯息。

"最近好吗?"吃饭时,我问荃。
"我一直很好的,不会改变。"
"写稿顺利吗?"
"很顺利。写不出来时,我会弹钢琴。"
"弹钢琴有用吗?"
"琴声是没办法骗人的,我可以借着琴声,抒发情感。"
"嗯。有机会的话,我想听你弹钢琴。"
"那我待会儿弹给你听。"荃说完后,看了我一眼,叹了口气。
"嗯……好。可是你为什么叹气呢?"
荃没回答,右手食指水平放在双唇间,注视着我。

荃在台南住的地方,是一栋电梯公寓的八楼。
巧的是,也有阁楼。房间的坪数比高雄的房间略小,但摆设差不多。

"请你想象你的耳朵长在眉间，"荃指着我眉间，"然后放松心情，聆听。"

"好。"

荃弹了一首旋律很舒缓的曲子，我不知道是什么曲子，也没有仔细听，因为我被荃的神情吸引。那是一种非常专注的神情。

"很好听。"荃弹完后，我拍拍手。

"你会弹钢琴吗？"荃问。

"我已经二十七年没碰钢琴了。"

"为什么你总是如此呢？从没弹过钢琴，就应该说没弹过呀。"

"你……"荃的反应有些奇怪，我很讶异。

"为什么你一定要压抑自己呢？你可知道，你的颜色又愈来愈深了。"

"对不起。"荃似乎很激动，我只好道歉。

"请你过来。"荃招手示意我走近她身体左侧。

然后荃用左手拇指按住我眉间，右手弹了几个键，停止，摇摇头。

"我没办法……用一只手弹的，怎么办？你眉间的颜色好深。"

荃说完后，松开左手，左手食指微曲，轻轻敲着额头，敲了七下。

"你在想什么？"

"我在想，怎样才能让你的颜色变淡。"荃说话间，又敲了两下额头。

"别担心，没事的。"

"你为什么叫我别担心呢？每当清晨想到你时，心总会痛得特别厉害。你却依然固执,总喜欢压抑。会压抑自己,很了不起吗?"

荃站起身面对我,双手抓着裙摆。

"请问一下,你是在生气吗?"

"嗯。"荃用力点头。

"我没有了不起,你才了不起。生气时,还能这么可爱。"

"我才不可爱呢。"

"说真的,早知道你生气时这么可爱,我就该常惹你生气。"

"不可以胡说八道。生气总是不对的。"

"你终于知道生气是不对的了。"我笑了笑。

"我又不是故意要生气的。"荃红着脸,"我只是……很担心你。"

"听你的琴声很舒服,眉间很容易放松。眉间一松,颜色就淡了。"

"真的吗?"

"嗯。我现在觉得眉间好松,眉毛好像快掉下来了。"

"你又在开玩笑了。"荃坐了下来,"我继续弹,你要仔细听呢。"

我点点头。荃接着专心地弹了六首曲子。

每弹完一首曲子,荃会转身朝我笑一笑,然后再转过身去继续弹。

"这样就够了。再弹下去,你会累的。"

"没关系的。只要你喜欢听,我会一直弹下去。我会努力的。"

"努力什么?"

"你的微笑,我始终努力着。"

"我不是经常会笑吗?"说完后,我刻意再认真地笑了一下。

"你虽然经常笑,但很多时候,并不是快乐地笑。"

"快乐地笑?"

"嗯。笑本来只是表达情绪的方式,但对很多人而言,只是一种动作,与快不快乐无关。只是动作的笑和表达情绪的笑,笑声并不一样,就像……"

荃转身在钢琴上分别按了两个琴键,发出两个高低不同的音。

"同样是'do'的音,还是会有高低音的差别。"

"嗯。"

"是不是我让你不快乐呢?"

"别胡说。你怎么会这样想?"

"第一次看见你时,你的笑声好像是从高山上带着凉爽的空气传下来。后来你的笑声却像是从很深很深的洞内传出来,我仿佛可以听到一种阴暗湿冷的声音。"

"为什么你可以分辨出来呢?"

"可能是因为……喜……喜欢吧。"

"你是不是少说了一个'你'字?"

荃没否认,只是低下头,用手指拨弄裙摆。

"你为什么,会喜欢我?"

"你……"荃似乎被这个疑问句吓到,突然站起身,背靠着钢琴。

双手手指不小心按到琴键,发出尖锐的高音。

"为什么呢?"我又问了一次。

"我不知道。"荃恢复平静,红了脸,摇摇头,"其实不知道,反而比较好。"

"嗯?"

"因为我不知道为什么会喜欢你,所以我就没有离开你的理由。"

"那你会不会有天醒来,突然发现不喜欢我了?"

"不会的。"

"为什么?"

"就像我虽然不知道太阳为什么会从东边升起,但我相信,我醒过来的每一天,太阳都不会从西边出来。"

"太阳会从东边升起,是因为地球是由西向东,逆时针方向自转。"

"嗯。"

"现在你已经知道太阳会从东边升起的原因,那你还喜欢我吗?"

"即使地球不再转动,我还是喜欢你。"

"那你呢?"荃很轻声地问,"你……为什么喜欢我?"

"我也不知道。"

"才不呢。你那么聪明,一定知道。"

"就是因为我聪明,所以我当然知道要避免回答这种困难的问题。"

"你……"荃有点气急败坏,"不公平。我已经告诉你了。"

"你别激动。"我笑了笑,"我真的也不知道为什么会喜欢你。"

"那你真的喜欢我?"

"宇宙超级霹雳无敌地真。"

"可是我很笨呢。"

"我喜欢你。"

"可是我不太会说话,会惹你生气。"

"我喜欢你。"

"可是我很粗心的,不知道怎么关心你。"

"我喜欢你。"

"可是我走路常会跌倒呢。"

"我喜……等等,走路会跌倒跟我该不该喜欢你有关吗?"

"我跌倒的样子很难看,你会不喜欢的。"

"不会的。"我笑了笑,"即使你走路跌倒,我还是喜欢你。"

"嗯。"荃低下头,再轻轻点个头。

"请你,不要再让我担心。"

"嗯。其实我也很担心你。"

"如果我们都成为彼此挂心的对象,那么我们各自照顾好自己,是不是就等于分担了对方的忧虑呢?"

"嗯。我答应你。你呢?"

"我也答应你。"

"时间不早了,我该回去了。"

"你要留我一个人孤单地在这露台上吗?"

"我……"我不知道该怎么回答,脑中正迅速搜寻合适的文字。

"呵呵。"荃笑了起来,"你以前扮演罗密欧时,一定没演完。"

"你怎么知道?"

"因为你接不出下一句呢。你应该说:'让我被他们捉住并处死吧。我恨不得一直待在这里,永远不必离开。死亡啊,来吧,我欢迎你。'"

"原来不是'去死吧!朱丽叶'啊。"

"什么?"荃没听懂。

"没事。"我笑了笑,"我回去了。你也别写稿写到太晚。"

我开始后悔当初被赶出话剧社了。

三个礼拜后,是柏森二十七岁生日。

早上出门上班前,秀枝学姐吩咐我务必把柏森拉回来吃晚饭。

晚上下班回来,我们看到一桌子的菜,还有一个尚未拆封的蛋糕。

"生日快乐!"秀枝学姐和明菁同时向柏森祝贺。

"谢谢。"柏森挤了个笑容,有些落寞。

秀枝学姐和明菁并没有发现柏森的异样,依旧笑着在餐桌上摆放碗筷。

虽然少了子尧兄和孙樱,但我们四个人一起吃饭,还是颇为热闹。

"过儿,今天的菜,还可以吗?"明菁问我。

"很好吃。"我点点头。

"可惜少了一样菜。"柏森突然说。

"什么菜?"秀枝学姐问。

"炒鱿鱼。"

"你想吃炒鱿鱼?"秀枝学姐又问。

"学姐,我跟菜虫,今天……今天被解雇了。"柏森突然有些激动,"可是……为什么偏偏挑我生日这天呢?"

明菁吓了一跳,手中的碗,滑落到桌子上。碗里的汤,泼了出来。

"也不能说解雇啦,经济不好,公司裁员,不小心就被裁到了。"
我说完后,很努力地试着吞咽下口里的食物,却如鲠在喉。
"过儿……"明菁没理会桌上的残汤,只是看着我。
"没事的。"我学柏森挤了个笑容。
秀枝学姐没说话,默默到厨房拿块抹布,擦拭桌面。
吃完饭,蛋糕还没吃,柏森就躲进房间。

我不想躲进房间,那会让秀枝学姐和明菁担心,只好在客厅看电视。
觉得有点累,想走到阳台透透气,一站起身,明菁马上跟着起身。
我看了明菁一眼,她似乎很紧张,我对她笑了一笑。
走到阳台,任视线到处游走,忽然瞥到放在墙角的篮球。
我俯身想拿起篮球时,明菁突然蹲了下来,用身体抱住篮球。
"姑姑,你在干吗?"
"现在已经很晚了,你别又跑到篮球场上发呆。"
原来明菁以为我会像技师考落榜那晚,一个人闷声不响溜到篮球场去。

"我不会的。你别紧张。"
"真的?"
"嗯。"我点点头。明菁才慢慢站起身。
我沉默了很久,明菁也不说话,只是在旁边陪着。
"哎呀!这悲惨的命运啊!不如……"我举起右脚,跨上阳台的栏杆。
"过儿!不要!"明菁大叫一声,我吓了一跳。

"姑姑,我是开玩笑的。"我笑个不停,"你真以为我要跳楼吗?"

我很快停止笑声。
因为我看到明菁的眼泪,像水库泄洪般,洪流滚滚。
"姑姑,怎么了?"
明菁只是愣在原地,任泪水狂奔。
"过儿,你别这样……我很担心你。"
"姑姑,对不起。"
"过儿,为什么你可以这么坏呢?这时候还跟我开这种玩笑……"
明菁用靠近上臂处的衣袖擦拭眼泪,动作有点狼狈。

我走进客厅,拿了几张面巾纸,递给明菁。
"工作再找就有了嘛,又不是世界末日。"明菁抽抽噎噎地说完这句。
"姑姑,我知道。你别担心。"
"你刚刚吓死我了,你知道吗?"明菁用面巾纸擦干眼角。
"是我不对,我道歉。"
"你实在是很坏……"明菁举起手,作势要敲我的头,手却僵在半空。
"怎么了?"我等了很久,不见明菁的手敲落。
"过儿……过儿……"明菁拉着我衣服,低着头,又哭了起来。

明菁的泪水流量很大,流速却不快。
而荃的泪水,流速非常快,但流量并不大。
明菁的哭泣,是有声音的。

而荃的哭泣,并没有声音,只是鼻头泛红。

"姑姑,别哭了。再哭下去,面巾纸会不够用。"
"我高兴哭呀,你管我……"明菁换了另一张面纸,擦拭眼泪。
"姑姑,你放心。我会努力再找工作,不会自暴自弃。"
"嗯。你知道就好。"明菁用鼻子吸了几口气。
"我总是让你担心,真是不好意思。"
"都担心你六年多了,早就习惯了。"
"我真的……那么容易令人担心吗?"
"嗯。"一直呜咽的明菁,突然笑了一声,"你有令人担心的特质。"
"会吗?"我抬头看夜空,叹了一口气,"我真的是这样吗?"

"可能是我的缘故吧。即使你好好的,我也会担心你。"
"为什么?"
"这哪有为什么?担心就是担心,有什么好问的?"
"我……值得吗?"
"值得什么?"明菁转身看着我,眼角还挂着泪珠。
"值得你为我担心啊。"
"你说什么?"明菁似乎生气了,她紧握住手中的纸团,提高音量,"我喜欢担心、我愿意担心、我习惯担心、我偏要担心,不可以吗?"
明菁睁大了眼睛,语气显得很激动。

"可是……为什么呢?"
"为什么为什么为什么……"明菁用右脚跺了一下地面,然后说，"为什么你老是喜欢问为什么？"

"对不起。"第一次看到明菁这么生气，我有点无所适从。

"算了。"明菁放缓语气，轻轻拨开遮住额头的发丝，勉强微笑，"你今天的心情一定很难受，我不该生气的。"

"姑姑……"我欲言又止。

"其实你应该早就知道，又何必问呢？"

明菁叹了一口气，这口气很长很长。

然后靠向栏杆，看着夜空。可惜今晚既无星星，也没月亮。

"过儿，我想告诉你一件事。"

"说吧。"我也靠着栏杆，视线却往屋内投去。

"我喜欢你。你知道吗？"

"我知道。"

"那以后就别问我为什么了。"

"嗯。"

"找工作的事，别心烦。慢慢来。"

"嗯。"

"我该走了。这个篮球我带走，明天再还你。"

"好。"

明菁说完后，进客厅拿起手提袋，跟我说了声晚安，就回去了。

我一直待在阳台上，直到天亮。

但即使已经天亮，我仍然无法从明菁所说的话语中清醒。

接下来的一个月内，我和柏森又开始找新工作。

只可惜我和柏森的履历表，不是太轻，就是太重。

轻的履历表有如云烟，散在空中；重的履历表则石沉大海。

柏森的话变少了，常常一个人关在房间里。

他还回了台北的家两趟，似乎在计划一些事。

为了避免断炊的窘境，我找了三个家教，反正整天待在家里也不是办法。

明菁在这段时间，经常来找我。

她很想知道我是否已经找到工作，却又不敢问。

而我因为一直没找到新的工作，也不敢主动提起。

我们的对话常常是"天气愈来愈热""楼下的树愈长愈漂亮""隔壁五楼的夫妇愈吵愈凶""学生愈来愈皮"之类的。

日子久了，明菁的笑容愈来愈淡，笑声愈来愈少。

我不想让荃知道我失业，只好先下手为强，告诉她我调到工地。

而工地是没有电话的。

只是，我总是瞒不了荃。

"你好像很忧郁呢。"

"会吗？"

"嗯。你烦心时，右边的眉毛比较容易纠结。"

"那左边的眉毛呢？"

"我不知道。因为你左边的眉毛，很少单独活动。"

"单独活动？"我笑了起来。荃的形容，经常很特别。

"嗯。可不可以多想点快乐的事情呢？"

"我不知道什么样的事情想起来会比较快乐。"

"那么……"荃低下头轻声说，"想我时会快乐吗？"

"嗯。可是你现在就在我身边,我不用想你啊。"我笑着说。
"你知道吗?即使你在我身边,我还是会想着你呢。"

"为什么我在你身旁时,你还会想我?"
"我不知道。"荃摇摇头,"我经常想你,想到发呆呢。"
"对不起。"我笑了笑。
"请你记得,不论我在哪里,都只离你一个转身的距离。"荃笑了笑,"你只要一转身,就可以看到我了呢。"
"这么近吗?"
"嗯。我一直在离你很近的地方。"
"那是哪里呢?"
"我在你心里。正如你在我心里一样。"
荃笑得很灿烂,很少看见她这么笑。

我和柏森被解雇后一个半月,秀枝学姐决定回新竹的中学任教。
"我家在新竹,也该回家工作了。而且……"
秀枝学姐看了一眼子尧兄以前的房间,缓缓地说:"已经过了半年了,他还没回来。我等了他半年,也该够了。"
虽然舍不得,我还是安静地帮秀枝学姐打包行李。

"菜虫,休息一下吧。我切点水果给你吃。"
"谢谢。"我喘口气,擦了擦汗。
秀枝学姐切了一盘水果,一半是白色的梨,另一半是浅黄色的苹果。
我拿起叉子,插起一片梨,送入口中。

"菜虫，你知道吗？这苹果一斤100元，梨子一斤才60元。"

"哦。"我又插起了第二片梨。

"我再说一次。苹果一斤100元，梨子一斤才60元。苹果比较贵。"

"嗯，我知道。可是我比较喜欢吃梨子啊。"

"菜虫……"秀枝学姐看了看我，呼出一口气，"我可以放心了。"

"放心？"第三片梨子刚放进口中，我停止咀嚼，很疑惑。

"本来我是没立场说话的，因为我是明菁的学姐。但若站在我是你多年室友的角度，我也该出点声音。"

"学姐……"秀枝学姐竟然知道我的情况，我很困窘，耳根发热。

"不用不好意思。我留意你很久了，早就知道。"

"学姐，对不起。我……"

"先别自责，感情的事本来就不该勉强。原先我担心你是因为无法知道你喜欢的人是谁，所以才会犹豫。如今我放心了，我想你一定知道，你喜欢谁。"

秀枝学姐走到子尧兄送的陶盆面前，小心翼翼地拂去灰尘。

"菜虫，那你知道，谁是苹果？谁又是梨子了吗？"

"我知道。"

"苹果再贵，你还是比较喜欢吃梨子的。对吗？"

"嗯。"

"个人口味的好恶，并没有对与错。明白吗？"

"嗯。"

"学姐没别的问题了。你继续吃梨子吧。"

"那苹果怎么办?"

"喜欢吃苹果的,大有人在。你别吃着梨子,又霸着苹果不放。"

"嗯。"我点点头。

"我明天才走,今晚我们和李柏森、明菁,好好吃顿饭吧。"

秀枝学姐仔细地包装好陶盆,对我笑了一笑。

荃是梨子,明菁是苹果。

明菁再怎么好,我还是比较喜欢荃。

秀枝学姐说得没错。喜欢什么水果,只是个人口味的问题,并没有"对"与"错"的分别。

可是,为什么我会喜欢梨子,而不是苹果呢?

毕竟苹果比较贵啊。

我对荃,是有"感觉"的。

而明菁,则让我"感动"。

只可惜决定一段感情的发生,是"感觉",而不是"感动"。

是这样的原因吧?

子尧兄走后,秀枝学姐不再咆哮,我一直很不习惯这种安静。

如今秀枝学姐也要走了,她势必将带走这里所有的声音。

我摸了摸客厅的落地窗。第一次看见秀枝学姐时,她曾将它卸了下来。

想到那时害怕秀枝学姐的情景,不禁笑了出来。

"你别吃着梨子,又霸着苹果不放。"我会记住秀枝学姐的叮咛。

于是秀枝学姐成了第三棵离开我的寄主植物。

我的寄主植物,只剩柏森和明菁了。

送走秀枝学姐后，柏森更安静了。

有天晚上，柏森突然心血来潮，买了几瓶啤酒，叫我陪他到以前住的宿舍走走。

我们敲了1013室的门，表明了来意，里面的学弟一脸惊讶。

摸摸以前睡过的床沿和念书时的书桌后，我们便上了顶楼。

爬到宿舍最高的水塔旁，躺了下来，像以前练习土风舞时的情景。

"可惜今晚没有星星。"柏森说。

"你喝了酒之后，就会有很多星星了。"我笑着说。

"菜虫，我决定到美国念博士了。"柏森看着夜空，突然开口说。

"嗯……"我想了一下，"我祝福你。"

"谢谢。"柏森笑了笑，翻了身，朝向我，"菜虫，你还记不记得拿到橄榄球比赛冠军的那晚，我问你，我是不是天生的英雄人物这件事。"

"我当然记得。事实上你问过好多次了。"

"那时你回答：'你是不是英雄我不知道，但你以后绝对是一号人物。'"柏森叹了一口气，"菜虫，真的谢谢你。"

"都那么久以前的事了，还谢我干吗？"

"受父亲的影响，我一直很想出人头地。"柏森又转头向夜空，"从小到大，无论我做什么事，我会要求自己一定要比别人强些。"

柏森加强了语气："我一定，一定得出人头地。"

我没答话，只是陪着柏森望着夜空，仔细聆听。

柏森想与众不同，我却想和大家一样。我们有着不同的情结。

因为认识明菁，所以我比较幸运，可以摆脱情结。

而柏森就没这么幸运了，只能无止境地，不断往上爬。

突然从空中坠落，柏森的心里，一定很难受。

"柏森，出去飞吧。你一定会比别人飞得更高。"我叹口气说。

"呼……"过了很久，柏森呼出一口长气，笑了笑，"心情好多了。"

"那就好。"我也放心了。

"菜虫，可以告诉我，你喜欢的人是谁吗？"

"方荃。"

"为什么不是林明菁？"

"我也不知道。可能我失去理性，疯了吧。"

"你为什么说自己疯了？"

"因为我无法证明自己为什么会喜欢方荃啊。"

"菜虫啊，念工学院这么多年，我们证明过的东西，难道还不够多吗？你竟连爱情也想证明？你难道忘了以前的辩论比赛？"

"嗯？"

"我们以前不是辩论过'谈恋爱会不会使一个人丧失理性'？"

"对啊。"

"你答辩时说过：如果白与黑之间，大家都选白，只有一个人选黑，只能说他不正常，不能说不理性。正不正常是多与少的区别，没有对与错，更与理不理性无关。"

没错啊，我为什么一直想证明我喜欢荃，而不是明菁呢？

我心里知道，我喜欢荃，就够了啊。

很多东西需要证明，不是因为被相信，而是因为被怀疑。

对于喜欢荃这件事而言,我始终不怀疑,又何必非得证明它是对的呢?

就像我内心相信太阳是从东边出来的,却不必每天清晨五点起床去证明。

我终于恍然大悟。

我决定不再犹豫。

只是对我而言,告诉一个爱自己的人不爱她,会比跟一个不爱自己的人说爱她,还要困难得多。

所以我还需要最后的一点勇气。

柏森离开台湾那天,我陪他到机场。办好登机手续后,他突然问我:"菜虫,请你告诉我,你技师考落榜那晚,我们一起吃火锅时,你说台湾的政治人物,应该学习火锅的肉片,那到底是什么意思?"

柏森的表情很认真,似乎这是困扰他多年的疑惑。

"火锅的汤里什么东西都有,象征着财富、权势和地位的染缸。政治人物应该像火锅的肉片一样,绝对不能在锅里待太久,要懂得急流勇退、过犹不及的道理。"

"菜虫,你真的是高手。那次的作文成绩,委屈了你。"

柏森恍然大悟,笑了一笑。

"柏森,你也是高手。"

我也笑了一笑,毕竟是很久以前的事了。

如果没有意外,那次的作文,是我最后一次为了比赛或成绩写文章。

"同被天涯炒鱿鱼，相逢何必互相夸。"

柏森突然哈哈大笑。

荃说得没错，声音是会骗人的。

即使柏森的声音是快乐的，我还是能看出柏森的郁闷与悲伤。

"柏森，你还有没有东西忘了带？"

"有。我把最重要的一样东西留在了台湾。"

"啊？什么东西？"我非常紧张。

柏森放下右手提着的旅行袋，凝视着我，并没有回答。

然后他缓缓地伸出右手，哽咽地说："我把我这辈子最好的朋友留在了台湾。"

像刚离开枪膛的子弹，我的右手迅速地紧握住柏森的手。

我们互握住的右手，因为太用力而颤抖着。

认识柏森这么久，我只和他握过两次手，第一次见面和现在的别离。

都是同样温暖丰厚的手掌。

大学生活的飞扬跋扈、研究生时代的焚膏继晷、工作后的郁闷挫折，这九年来，我和柏森都是互相扶持，一起成长。

以后的日子，我们大概很难再见面了。

而在彼此生命中最重要的人，可能会由朋友转换成妻子和孩子。

想到这里，我突然感到一阵莫名的悲哀，于是激动地抱住柏森。

该死的眼泪就这样流啊流，像从地底下涌出的泉水，源源不绝。

我二十七岁了，又是个男人，不能这样软弱的。

可是我总觉得在很多地方我还像个小孩子，需要柏森不断地呵护。

柏森啊，我只是一株槲寄生，离开了你，我该如何生存？

"菜虫，我写句话给你。"

柏森用右手衣袖猛擦拭了几下眼睛，蹲下身，从旅行袋里拿出纸笔。

"来，背部借我。"

我转过身，柏森把纸放在我背上，窸窸窣窣地写着。

"好了。"柏森将纸条对折两次，塞进我衬衫的口袋。

"我走了，你多保重。"

我一直红着眼眶，一句话也说不出来。

柏森走后，我把纸条打开来看，上面写着：

> 爱情是一朵生长在悬崖绝壁边缘上的花，想摘取就必须要有勇气。
>
> ——莎士比亚

第四棵离开我的寄主植物，柏森，给了我最后的一点养分——勇气。

流行歌手梁静茹唱得没错："我们都需要勇气，去相信会在一起。"

我以前公司的主管也没错："我们都需要勇气，去面对高粱绍兴。"

原来有些话我必须鼓起勇气说。
我知道了。

送走柏森后,我从桃园坐车,单独回台南。
那个发型像木村拓哉的学弟在或不在,对我都没意义。
我只觉得空虚。
我好像飘浮在这间屋子里,无法着地。
当我试着固定住身子,不想继续在空气中游泳时,门铃声突然响起,明菁来了。

"吃过饭了没?"明菁问我。
"还没。"我摇摇头。
"你先坐着看电视,我下碗面给你吃。"
"姑姑,我……"
"先别说话,吃饱后再说,好吗?"明菁笑了笑。

明菁很快在厨房扭开水龙头,洗锅子,装了六分满的水。
打开电磁炉开关,烧水,水开了,下面条。
拿出碗筷,洗碗,碗内碗外都洗。
洗筷子,用双手来回搓动两根筷子,发出清脆的声音。
将手上的水甩一甩,拿出干布,先擦干碗筷,再擦干双手。
面熟了,明菁捞起一根面条试吃,好像烫了手,轻轻叫了一声。
将右手食指放在嘴边吹气,再用右手食指与拇指抓住右耳垂。
接触到我的视线,明菁笑了笑,吐了吐舌头。

明菁从电视机下面拿出一张报纸，对折了三次，垫在桌子上。

跑回厨房，从锅里捞起面，放入碗中。

用勺子从锅里舀出汤，一匙、二匙、三匙、四匙，均匀地淋在碗里。

将筷子平放在碗上，拿出抹布遮住碗圆滚滚的肚子，双手端起碗。

"小心，很烫啊。"

明菁将这碗面小心翼翼地放在报纸上。

"啊，忘了拿汤匙。"

再跑回厨房，选了根汤匙，洗干净，弄干。

明菁将汤匙放入碗里，笑了笑："快趁热吃吧。"

"你呢？"

"我不饿，待会再吃。"

明菁卷起袖子，拿面巾纸擦擦额头的汗。

"我很笨拙吧。"明菁很不好意思地笑了。

明菁，你不笨拙的。认识你六年半以来，现在最美。

明菁坐在我身旁，看着我吃面。

我永远记得那碗面的味道，可是我却找不到任何文字来形容那种味道。

我在吃面时，心里想着，我以后要多看点书，多用点心思，如果有机会，我一定要将那碗面的味道，用文字表达出来。

"好吃吗？"明菁问我。

"很好吃。"我点点头。

明菁又笑了。

"过儿,你刚刚想说什么?"我吃完面,明菁问我。
"我……"早知道,我就吃慢一点。
"李柏森走了,你一定很寂寞。"明菁叹了一口气。
"姑姑……"
"过儿,你放心。姑姑不会走的,姑姑会一直陪着你。"
"姑姑,我只剩下你这棵寄主植物了。"
"傻瓜,"明菁微笑说,"别老把自己说成槲寄生。"

明菁环顾一下四周,突然很感慨:
"当初我们六个人在一起时,是多么热闹。如今,只剩我们两个了。"
"你怎么……"
"没什么。只是觉得时间过得好快,转眼间已经待在台南九年了。"
"嗯。"
"我们人生中最闪亮灿烂的日子,都在这里了。"
"嗯。"
明菁转头看着我,低声吟出:

卅六平分左右同,金乌玉兔各西东。
芳草奈何早凋尽,情人无心怎相逢?

我转头看着坐在我左手边的明菁,我这辈子最温暖的太阳。
当初和明菁坐车到清境农场时,明菁也是坐在我左手边。
我好像又有正在坐车的感觉,只是这次的目的地,是从前。

"我父亲过世得早,家里只有我妈和一个妹妹。中学时念的是女校,上大学后,才开始接触男孩子。"明菁笑了笑:

"所以我对男孩子,总是有些不安和陌生。"

明菁拿出面巾纸递给我,让我擦拭嘴角。

"我很喜欢文学,所以选择念中文系。高中时,我写下了这首诗,那时心想,如果以后有人猜出来,很可能会是我命中注定的另一半。"明菁又吐了吐舌头,"这应该是我武侠小说看太多的后遗症。"

"你这样想很危险,因为这首诗并不难猜。"

"嗯。幸好你是第一个猜中的人。"

"幸好……吗?"

"过儿,缘分是一种很奇妙的东西。认识你后,我就觉得我该照顾你,该关心你,久了以后,便成了再自然不过的事了。"

明菁拨了拨头发,露出了右边蹙紧的眉,我闭上眼睛,不忍心看。

"孙樱和秀枝学姐经常说,你心地很好,只可惜个性软了点,丝毫不像敢爱敢恨的杨过。可是,那又有什么关系呢?我也不像清丽脱俗的小龙女呀。"

"姑姑,你很美的。"

"谢谢。也许杨过和小龙女到了二十世纪末,就该像我们这样。"

明菁笑了起来,很漂亮的眼神。我的右肩,完全失去知觉。

"我收拾一下吧。"明菁端起碗,走了两步,回头问:

"过儿,你呢?你对我是什么感觉?"

"姑姑,你一直是我内心深处最丰厚的土壤,因为你的养分,我才能够不断开花结果。我从不敢想象在我成长的过程中,没有出现你的话，会是什么样的情况。"

"然后呢？"

"每当我碰到挫折时，你总是给我再度面对的勇气和力量。"

"嗯。所以呢？"

"所以我习惯你的存在，喜欢你的存在。"

"过儿，那你喜欢我吗？"

我又想起第一次开口约明菁看电影时的挣扎。

当时觉得那种难度，像是要从五楼跳下。

现在的难度，可能像从飞机上跳下，而且还不带降落伞。

"你要下决心。"子尧兄说。

"你别吃着梨子，又霸着苹果不放。"秀枝学姐说。

"爱情是一朵生长在悬崖绝壁边缘上的花，想摘取就必须要有勇气。"

柏森也借着莎士比亚的文字，这样说。

明菁仍然端着要洗的碗筷，站在原地，微笑地注视着我。

我闭上眼睛，咬咬牙：

"姑姑，过儿，喜欢。但是，不爱。"

我从飞机上跳下。

可是我并没有听到呼啸而过的风声。我听到的是，瓷碗清脆的破裂声。

我缓缓睁开眼睛。

明菁拿起扫把，清理地面，将碎片盛在畚箕，倒入垃圾桶。

再重复这些动作一次。

找了条抹布,弄湿,蹲在地上,前后左右来回擦拭五次。
所有的动作停止,她开口说:
"过儿,请你完整而明确地说出这句话的意思,好吗?"

"姑姑,我一直很喜欢你。那种喜欢,我无法形容。"
我紧抓住开始抽痛的右肩,喘口气,接着说:"可是如果要说爱的话,我爱的是,另一个女孩子。"
我说完后,明菁放下抹布,左手扶着地,慢慢站起身。
明菁转过身,看着我,泪流满面,却没有任何哭声。
这是我第一次看到明菁没有声音的哭泣,也是最后一次。

"金乌玉兔各西东……过儿,你曾说过你是月亮,而我是太阳。太阳和月亮似乎永远不会碰在一起。"
"情人无心怎相逢……情人如果无心,又怎能相逢呢?"
"芳草奈何早凋尽……过儿,你真的好像一株槲寄生。如果我也是你的寄主植物的话,现在的我,已经……已经完全干枯了。"
明菁的右手紧紧抓着胸前的衣服,低下头:
"我怎么会……写下这种诗呢?"
"姑姑……"我很想说点什么,可是右肩的剧痛让我无法说出口。

"可怜的过儿……"明菁走到我身旁,摸摸我的右肩,"你一直是个寂寞的人。"
"你心地很善良,总是不想伤害人,到最后却苦了自己。
"虽然我知道你常胡思乱想,但你心里想什么,我却摸不出,猜不透。我只能像拼拼图一样,试着拼出你的想法。可是,却总是少了一块。

"你总是害怕被视为奇怪的人,可是你并不奇怪,只是心思敏感了点。过儿,你以后要记住,老天把你生成这样,一定有它的理由。你要做你自己,不要隐藏自己,也不要逃避自己,更不要害怕自己。

"你还要记住,你是一个聪明的人。但聪明是双刃剑。它虽然可以让你处理事情容易些,却会为你招来很多不必要的祸端。"

"最后,也是最重要的,你千万要记住,以后一定要……一定要……"明菁终于忍不住,哭出声音,"一定要快乐一点。"

为了压低哭声,明菁抽噎的动作,非常激烈。

"再见了,过儿。"

关上门前,明菁好像说了这句话,又好像没说,我已经不确定了。

明菁走了。

我生命中最后一棵,也是最重要的一棵寄主植物,终于离开了我。

明菁曾告诉我,北欧神话中,和平之神巴德尔,就是被一支槲寄生所制成的箭射死的。

明菁说我很像槲寄生的时候,她的右手还紧抓着胸前的衣服。

我想,我大概就是那支射入巴德尔胸膛的槲寄生箭吧。

两天后,我收到明菁寄来的东西,是她那篇三万字的小说《思念》。

看了一半，我就知道那是明菁因我而写，也因我而完成的小说。

"谨以此文，献给我的过儿。"明菁在小说结尾，是这么写的。

我没什么特别的感觉，毕竟已经被砍十八刀的人，是不会在乎再多挨一巴掌的。

连续好几天，我只要一想到明菁的哭泣，就会像按掉电源开关一样，脑中失去了所有光亮。

我好像看到自己的颜色了，那是黑色。

想起跟荃认识的第一天，她说过的话：

"你会变成很深很深的紫色，看起来像是黑色，但本质还是紫色。"

"到那时……那时你便不再需要压抑。因为你已经崩溃了。"

现在的我，终于不再需要压抑了。

不知道在明菁走后第几天，我突然想到以前明菁在顶楼阳台上说过的话：

"当寄主植物枯萎时，槲寄生也会跟着枯萎。"

"槲寄生的果实能散发香味，吸引鸟类啄食，而槲寄生具黏性的种子，便粘在鸟喙上。随着鸟的迁徙，当鸟在别的树上把这些种子擦落时，槲寄生就会找到新的寄主植物。"

命运的鸟啊，请尽情地啄食我吧。

我已离开所有的寄主植物，不久也将干枯掉，所以你不必客气。

可是，你究竟要将我带到哪儿去呢？

命运的鸟儿拍动翅膀,由南向北飞。
我闭上眼睛,只听到耳畔的风声,呼呼作响。
突然间,一阵波动,我离开了鸟喙。
低头一看,台北到了。

如果爱情真的像是沿着河流捡石头,现在的我,腰已折,失去弯腰捡石头的能力了。
柏森曾说过我不是自私的人,但爱情却是需要绝对自私的东西。
我想,在台北这座拥挤而疏离的城市,我应该可以学到自私吧。

我在台北随便租了一个房间,算是安顿下来。
除了衣服和书之外,我没多少东西。
这房间很简单:一张床、一张书桌、一把椅子。
我把明菁送我的槲寄生收到抽屉里,不再挂在台灯上。
因为对我而言,它已经不是带来幸运与爱情的金黄色枯枝。
而是射入明菁胸膛的血淋淋的红色的箭。

到台北的第一印象,就是安全帽是值钱的东西。
以前在台南,安全帽总是随手往摩托车上一放。
在台北时,这种习惯让我丢掉了两顶安全帽。
不愧是台湾最大的城市啊,人们懂得珍惜别人的东西。
我其实是高兴的,因为我会离自私愈来愈近。

我在台北没有朋友,也无处可去,常常半夜一个人骑摩托车出去乱晃。

偶尔没戴安全帽,碰到警察时,就得赔钱了事。

以前我和柏森、子尧兄曾骑摩托车经过台南火车站,被警察拦下来。

那个警察说我们实在很了不起,可是他职责所在,得处罚我们。

于是我们三人在火车站前,各做了五十下俯卧撑。

在台北,这种情况大概很难发生吧。

我又开始寄履历表,台北适合的工作比较多,应该很容易找到工作吧。

不过我找了快一个月,还是没找到工作。

"为什么你会辞掉上份工作?"我常在应征时,碰到这种问题。

"因为我被解雇了啊。"我总是这么回答。

荃听到应该会很高兴吧,因为我讲话不再压抑,回答既直接又明了。

可是如果明菁知道的话,一定又会担心我。

大约在应征完第九份工作后,出了那家公司大门,天空下起大雨。

躲着躲着,就躲进一家新开的餐馆。

随便点个餐,竟又吃到一个不知是鱼还是鸡的肉块。

想起以前在台南六个人一起吃饭的情景,又想到明菁煮的东西,眼泪就这样一颗颗地掉下来,掉进碗里。

那次是我在台北,第一次感到右肩的疼痛。

于是我换左手拿筷子,却又想起明菁喂我吃饭的情景。

原来我虽然可以逃离台南,却逃不掉所有厚重的记忆。

"先生,这道菜真的很难吃吗?"年轻的餐馆女老板,走过来问我,"不然,你为什么哭呢?"
"姑姑,因为我被这道菜感动了。"
"啊?什么?"女老板睁大了眼睛。
我匆忙结了账,离开这家餐馆,离去前,还依依不舍地看了餐馆一眼。
"先生,以后可以常来呀,别这么舍不得。"女老板笑着说。
傻瓜,我为什么要依依不舍呢?那是因为我以后一定不会再来了啊。

找工作期间,我常想起明菁和荃。
想起明菁时,我会有自责、亏欠、愧疚、罪恶、悲哀等感觉。
想起荃时,我会心痛。
这种心痛的感觉是抽象的,跟荃的心痛不一样。荃的心痛是具体的。
幸好我房间的窗户是朝北方,我不必往南方看。
而我也一直避免将视线,朝向南方。

应征第十三份工作时,我碰到以前教我们打橄榄球的学长。
"啊?学弟,你什么时候来台北的?"
"来了一个多月了。"
"还打橄榄球吗?"
"新生杯后,就没打了。"
"真可惜。"学长突然大笑,"你这小子贼溜溜的,很难被拓克路[①]。"

"学长,我今天是来应征的。"

"还应什么征!今天就是你上班的第一天。"

"学长……"我有点激动,说不出话来。

"学弟,"学长拍拍我肩膀,"我带你参观一下公司吧。"

经过学长的办公桌时,学长从桌子底下拿出一个橄榄球。

"学弟,你记不记得我说过椭圆形的橄榄球跟人生一样?"

"嗯。"我点点头。

学长将橄榄球拿在手上,然后松手,观察橄榄球的跳动方向。

重复了几次,每次橄榄球的跳动方向都不一样。

"橄榄球的跳动方向并不规则,人生不也如此?"学长搭着我的肩,"当我们接到橄榄球时,要用力抱紧,向前冲刺。人生也是这样。"

"学长……"

"所以要好好练球。"学长笑了笑,"学弟,加油吧!"

我开始进入规律的生活。

每天早上先搭公交车到地铁站,再转搭地铁至公司。

台北市的公交车身上,常写着一种标语:"搭公交车是值得骄傲的。"

所以每次下了公交车,我就会抬头挺胸,神情不可一世。不过没人理我。

我常自愿留在公司加班,没加班费也甘愿。

---

① 拓克路(tackle),指擒抱,橄榄球动作。

因为我很怕回去后，脑子一空，荃和明菁会住进来。

我不喝咖啡了，因为煮咖啡的工具没带来台北。
其实很多东西，我都留给那个木村拓哉学弟。
我也不抽烟了，因为抽烟的理由都已不见。
所以严格说起来，我不是"戒烟"，而是"不再需要烟"。
但是荃买给我的那根汤匙，我一直带在身边。

每天早上一进到公司，我会倒满白开水在茶杯，并放入那根汤匙。

直到有一天，同事问我："小蔡，你倒的是白开水，还用汤匙搅拌干吗？"

他们都叫我小蔡，菜虫这绰号没人知道，叫我过儿的人也离开我了。

我后来仔细观察我的动作，才发现，我每天早上所做的动作是：

拿汤匙—放进茶杯—顺时针搅五圈—停止—看漩涡变平—拿出汤匙—放在茶杯左侧—食指中指搁在杯口—其余三指握住杯身—凝视着汤匙—端起杯子—放下—再顺时针两圈—端起杯子—放到嘴边—碰触杯口——

然后，我犹豫。
因为我不知道，该不该喝水。

现在的我，已经失去用文字和声音表达情感的能力。
所以我每天重复做的是，荃所谓的，"思念"和"悲伤"的动作。

于是有好几次，我想跑回台南找荃。
但我又会同时想起明菁离去时的哭泣，然后……
然后就没有然后了。

不管我思念荃的心情有多么炽热，明菁的泪水总会将思念迅速地降温。
然后我甚至会觉得，思念荃是一种卑劣的行为。
毕竟一个被关在监狱里的杀人犯，是该抱着对被害人家属的愧疚，在牢里受到罪恶感的煎熬，才是对的。

到台北四个月后，我收到柏森寄来的 E-mail。
信上是这样写的：

Dear 菜虫：

现在是西雅图时间凌晨三点，该死的雨仍然下得跟死人头一样。

你正在做什么呢？

我终于在西雅图找到我的最爱，所以我结婚了，在这里。

她是意大利裔，名字写出来的话，会让你自卑你的英文程度。

你呢？一切好吗？

我很忙，为了学位和绿卡。

你大概也忙，有空的话捎个信来吧。

P.S. 你摘到那朵悬崖绝壁边缘上的花了吗？

收到信后,我马上回信给柏森,祝福他。

柏森真是个干脆的人,喜欢了,就去爱;爱上了,就赶快。

即使知道孙樱喜欢他,也能处理得很好。

不勉强自己,也没伤害任何人。

不像我,因为不想伤害任何人,所以伤害到所有人。

2000年的圣诞夜,街上好热闹。

所有人几乎都出去狂欢跳舞吃大餐,没人知道要守在槲寄生下面,祈求幸福。

我突然想起,我是槲寄生啊,我应该带给人们爱情与幸运。

这是我生存的目的,也是我赎罪的理由。

于是我跑到忠孝东路的天桥上,倚在白色栏杆前,仰起头,高举双手,学着槲寄生特殊的叉状分枝。

保佑所有经过我身子下面的、车子里的人,能永远平安喜乐。

"愿你最爱的人,也最爱你。"

"愿你确定爱着的人,也确定爱着你。"

"愿你珍惜爱你的人,也愿他们的爱,值得你珍惜。"

"愿每个人生命中最爱的人,会最早出现。"

"愿每个人生命中最早出现的人,会是最爱的人。"

"愿你的爱情,只有喜悦与幸福,没有悲伤与愧疚。"

我在心里,不断重复地呐喊着。

那晚还下着小雨,所有经过我身旁的人,都以为我疯了。

我站了一晚,直到天亮。

回家后，病了两天，照常上班。

我心里还想着，明年该到哪条路的天桥上面呢?

2001年终于到了，报纸上说二十一世纪的第一天，太阳仍然从东边出来。

"太阳从东边出来"果然是不容挑战的真理。

有些事情是不会变的，就像我对明菁的亏欠。

以及我对荃的思念。

今年的农历春节来得特别早，1月23日就是除夕。

我没回家过年，还自愿在春节期间到公司值班。

"小蔡，你真是奇怪的人。"有同事这么说。

看来，我又回到被视为奇怪的人的日子。

无所谓，只要荃和明菁不认为我奇怪，就够了。

然后就在今天，也就是大年初二，我看到了荃写在烟上的字。

我才知道，我是多么思念荃。

于是我做了一件，我觉得是疯狂的事。

我从明菁的泪水所建造的牢笼中，逃出来了。

我原以为，我必须在这座监狱里，待上一辈子。

可是我只坐了半年多的牢。

明菁，我知道我对不起你。

即使将自己放逐在台北，再刻意让自己处于受惩罚的状态，我还是对不起你。

可是，明菁，请你原谅我。

我爱荃。

因为喜欢可以有很多种,喜欢的程度也可以有高低。
你可以喜欢一个人,喜欢到像喜马拉雅山那样地高。
也可以喜欢到宇宙超级霹雳无敌地高。
但爱只有一个,也没有高低。
我爱荃。

荃是在什么样的心情下,在烟上写字呢?
这应该是一种激烈的思念动作,可是为什么字迹却如此清晰呢?
明菁的字,虽然漂亮,但对女孩子而言,略显阳刚。
如果让明菁在烟上写字,烟应该会散掉吧?
而荃的字,笔画中之点、提、捺、撇、钩,总是尖锐,毫不圆滑。
像是雕刻。
也只有荃和缓的动作,才能在烟上,刻下这么多清晰的字句吧。

荃又是在什么时候,刻下这些字呢?

大概是在明菁走后没几天吧。
那时荃来找我,我只记得她握住手提袋的双手,突然松开。
手提袋掉在地上,没有发出声音。
荃的眼泪不断从眼角流出,然后她用右手食指,蘸着眼泪,在我眉间搓揉着。
她应该是试着弄淡我的颜色吧。
可惜我的颜色不像水彩,加了水后就会稀释变淡。

"我的心……好痛……好痛啊！"荃第二次用了惊叹号的语气。
荃，我的心也好痛，你知道吗？

我抬起头，打开车门，车外的景色好熟悉。
车内响起广播声，台南快到了。
我又看了一眼，第十根烟上的字。
"无论多么艰难的现在，终是记忆和过去"，这句话说得没错。
不管以前我做对或做错什么，都已经过去了。
现在的我，快回到台南了。
我想看到荃。
荃，你现在，在台南、高雄，还是回台中的家呢？

我从口袋里，掏出之前已读过的九根烟，连同第十根烟，小心地捧在手中，一根根地，收入烟盒。
反转烟盒，在烟盒背面印着"警告：吸烟有害健康"旁，荃竟然又写了几行字：

  该说的，都说完了
  说不完的，还是思念
  如果要你戒烟，就像要我戒掉对你的思念
  那么，你抽吧

亲爱的荃啊，我早就不抽烟了。
虽然你在第一根烟上写着："当这些字都成灰烬，我便在你胸口了。"
可是这些字永远都不会变成灰烬，而你，也会永远在我胸口。

因为你不是刻在烟上,而是直接刻在我心中啊。

我想念荃的喘息。
我想念荃的细微动作。
我想念荃的茶褐色双眼。
我想念荃说话语气的旋律。
我想念荃红着鼻子的哭泣。
我想念荃嘴角扬起时的上弦月。
我想念荃在西子湾夕阳下的等待。
我只是不断地放肆地毫无理由地用力地想念着荃。

"荃,我快到了。可以再多等我一会吗?"

写在《槲寄生》之后[1]

《槲寄生》在2001年9月初版,已经是六年多前的事了。

这六年多来,我虽陆续写了《夜玫瑰》《亦恕与珂雪》《孔雀森林》《暖暖》四本书,但我心里明白,不管经过多少年,我再也写不出像《槲寄生》这么深的作品了。

当然,所谓的"深",是只跟我自己的作品比较。

2004年,由诚品书店等主办的"最爱100小说大选",让读者票选古今中外最爱的一本小说。

投票结果出炉,《槲寄生》是第三名,《第一次的亲密接触》第五。

我说这些的重点不在于炫耀《槲寄生》有多厉害,而是《槲寄生》的名次竟然比《第一次的亲密接触》高。我原以为《槲寄生》是一部会令人讨厌甚至痛恨的小说。

2001年7月开始在BBS连载《槲寄生》,大约贴到"第九根烟"时,信箱里的信突然暴增,内容大多是:"可不可以请你别再写了?"

---

[1] 此篇为繁体版后记,收录于《槲寄生》,台北:麦田出版,2007。

"很抱歉,我早已写完了。"我回信说,"而且死都会贴完。"
我一定要留下《槲寄生》这部作品,无论如何。

连载结束后,几乎所有的信都会问:
"为什么菜虫要选荃不选明菁?"
"为什么是这样?你有毛病吗?"
"为什么对明菁这么残忍?"
"为什么?"
我通常保持沉默。

渐渐地,开始有人写长长的信给我,通常都是叙述他们自己的故事。
说谢谢的人变多了,是打从心底说谢谢的那种。
有人甚至说:"你一定要长命百岁呀!"
或许我可以。
但我的小说生涯已经结束了。
当时我确实是这么想的。

我写过八部小说作品,题材内容都有差异,写法也不尽相同,但人们总喜欢把它们归类为爱情小说。
对于被归类为爱情小说,我没有特别的想法,因为那是别人的自由。
不过在我自己的定义里,《槲寄生》才是我所写过的小说中,不折不扣的爱情小说。

人们常问我:"你除了写爱情小说外,会不会尝试别的题材?"

对于这种问题，我喜欢装死。

如果装死还是没用，我就会回答："我想写推理小说。"

如果你又问："那你写过推理小说吗？"

我会告诉你："《槲寄生》就是一部推理小说。"

传统的推理小说在阅读的过程中，寻找真凶。

《槲寄生》的主角，匆匆搭上南下的火车到底找的是谁？

直到第十根烟才露出端倪，小说快结束时才有解答。

这不正是推理小说的精神？所以我写过推理小说。

我曾在《槲寄生》初版的序中提到这部小说的源头。

那是2000年3月大学同学会，我们去爬山时所发生的事。

因为偶然看到槲寄生，有个同学的波兰老婆便兴奋地说起槲寄生的种种。

她说起槲寄生成为圣诞树装饰品的原因，也说起在槲寄生下亲吻的传统。最后她说在她的家乡每逢圣诞节，人们都把槲寄生挂在屋顶，当圣诞夜钟声响起，家人们互相拥抱亲吻，祈求永远平安喜乐。

多么温馨而美好的传统啊。当时我心里突然有个念头：我想写篇关于槲寄生的小说。

如果故事只到这儿，也许《槲寄生》会被写成童话故事般浪漫而美丽。只可惜后来我又看到一棵倒地枯死的台湾赤杨上，生机蓬勃的槲寄生。

我决定了，以槲寄生为意象，写一篇小说。

槲寄生的意象在我脑海中越来越鲜明，我几乎想立刻动笔。

但我必须克制冲动，因为2000年上半年是我念博士班的最后一个学期。如果不能按时完成毕业论文，我就无法拿到学位。所以我只能忍住动笔的欲望。

接下来将近四个月的时间当中，我几乎以研究室为家。

清醒时写论文，意识开始模糊时就趴着睡一下，或者躺在躺椅上。

在那阵子，连续三天没回家睡觉是很平常的事。

但即使如此，那种想动笔写槲寄生的欲望却一直存在。

交论文初稿前一天，我养的狗——皮皮——出车祸死了。

那天我抱着皮皮的尸体躲在厕所里，拼命掉眼泪，但不敢哭出声音。

一直到写完论文最后一页，我频频进出厕所。

我听过一种说法，在你身边让你珍爱的动物，可能是你前世的亲人、朋友或者爱人，在这辈子陪你度过最艰难的岁月后，便会离开。

经过两次论文口试、两次修改论文，我终于拿到毕业证书。回首过去一路走来的痕迹，并决定将来的路。

然后又养了一只叫小皮的狗。

等一切都上轨道后，已是2000年年底。

终于可以挪出时间写《槲寄生》，是2001年初的事。

经过将近一年的压抑，当我打下《槲寄生》的开头"台北火车站"时，我觉得全身都充满写作的能量。

然后在写作的过程中，不知道为什么，我不断想起过去。

很多人老喜欢问我："你写了这么多故事，都是亲身经历吗？"面对这种问题，我总想装死。

但如果你只问《榭寄生》这部小说，我倒可以告诉你：《榭寄生》里面描述了最多"亲身经历"的事。

星座学上说，天蝎座是极端重视个人隐私的星座。

真是不巧，我刚好是天蝎座。

既要展示说自己真实故事的诚意，又不能泄露太多属于个人的东西，所以有些过程只能以虚无缥缈的文字混过去。

请你见谅。

举例来说，菜虫跟柏森参加的土风舞比赛是真实的，但跳脱衣舞的是我。

那天我确实穿着红色内裤，因为是星期一。

大一下学期的物理期末考，闹钟没响，等我醒来无暇多想冲到教室时，考试时间只剩不到二十分钟。

但真实的世界比较残忍，老师按时收卷，因此我那学期的物理成了我求学生涯中，唯一的挂科科目。

而菜虫的作文成绩一向很差，也是真的，并不是为了小说效果。

身为一个出了八本书的作者，要承认这点是件尴尬的事。

我高中时作文成绩之差，让语文老师印象深刻，以致当我有次作文成绩还不错时，老师把我叫到跟前，问："你坦白说，你这次作文是不是抄的？"

我人生最后一次因考试而写作文，确实也是参加技师考试时的事。

我的作文成绩比所有考生的平均成绩，低了快二十分。

两年后，我在 BBS 上连载《第一次的亲密接触》，刚开始收到说我文笔好、为什么这么会写文章的信时，我的回信是："别装了，你是哪个学弟扮路人甲来捉弄我？"

后来信件太多，我才发觉这不可能是有人在捉弄我，然后我开始困惑。

这些年偶尔有人批评我的文笔很差，像中学生作文，仿佛是狗有便秘的毛病（狗屁不通）。

这些批评已经不存在我介意不介意的问题了，我反而会觉得亲切。

因为我就是听着这些批评长大的。

但我还是碰到过鼓励我的老师。

所以当我今天也拥有老师的身份时，面对年轻的孩子、正在成长的灵魂，我总是鼓励学生要做自己，不要隐藏自己，也不要逃避自己，更不要害怕自己。

扯远了，让我们回到《槲寄生》。

《槲寄生》的基调，一直是压抑而沉重的，不管文字或内容是否有趣。

从一开始便有一块大石头压在身上，一直到结束。

在写《槲寄生》的过程中，我的心情始终配合着这种基调，不曾偏离。或许文字平淡如水，但情感是浓烈的。

写到柏森离开的那一刻，眼角突然涌出泪水。

停笔了好几天，还是无法继续。

这些年来，每当我读到《槲寄生》这一段描述，总是会掉眼泪。

如果你也是如此，那么你跟我的心跳频率可能很相近。我会担心你，因为你的人生旅途也许会不够快乐。

我曾收到一封信，大意是这样的：

他在精神疗养院工作，主要照顾躁郁症患者。躁郁症患者是世界上最快乐同时也是最痛苦的人。快乐时可以连续唱三天三夜的歌，痛苦时连续三天三夜陷入悲伤的地狱，无法自拔。原本他是个情感丰富的人，总是被病患的情绪牵动。后来他努力让自己变得无情，把病患只当成工作对象，最后终于成功，不再受病患的喜悲影响，但却发现快乐与悲伤也从他生命中消失了，直到他看到《槲寄生》。

信尾他加了附注：

"荃说她可以看到人的颜色，那是一种幻觉现象，是精神分裂的初期症状。

"如果需要他帮忙，他会用催眠疗法加以治疗。"

我回信告诉他：

"正因为荃有幻觉，所以在她眼里，我是帅的且美好的。

"如果你治愈了她,我怎么办?"

然后我也加了附注:

"我是一个平凡且不怎么样的人,但在小说中却塑造两个美丽的女孩喜欢上我,这算不算是一种病?"

他回信说:"您的病情很严重,远超出我的能力范围。请节哀。"

这个精神医师很幽默,是个高手。

具幽默感的人,应该已经恢复原有的喜怒哀乐能力。所以我回信恭喜他,他也回信祝福我。

让我们离开我是否精神有毛病的话题,再回到《槲寄生》。

可能是写《槲寄生》的过程中,我不仅全神贯注且情绪一直揪着,所以那阵子,我常做噩梦。

梦里的我,总是莫名其妙地死亡。

终于写完《槲寄生》时,我觉得人已被掏空,气力已放尽。

我没有能量再写小说了。

因为我把自己化成一株槲寄生,释放从寄主植物上吸取的所有养分,祝福所有看过这部小说的人,能找到爱情,而且平安与幸福。

《槲寄生》究竟描述哪一种爱情?

在《槲寄生》初版的序中,最后我写了这些文字:"就像一个疲惫的人,下了班,淋到雨,打开家门时,心爱的人刚煮好一碗热腾腾的面,然后帮他擦去额头的雨珠。我可以很仔细地描述那个人、那场雨、那碗面、那条擦去雨水的手帕,但我就是无法形容那碗面的味道。"

经过了六年多,我还是无法形容那碗面的味道。
我只能祝福你早日品尝到那碗面的味道,并珍惜那个为你煮面的人。